春潮NOV+

曾经如是

赖声川【著】

中信出版集团 | 北京

图书在版编目（CIP）数据

曾经如是 / 赖声川著. -- 北京 : 中信出版社,
2020.10
ISBN 978-7-5217-2053-2

Ⅰ. ①曾… Ⅱ. ①赖… Ⅲ. ①话剧剧本—中国—当代
Ⅳ. ①I234

中国版本图书馆CIP数据核字(2020)第134047号

曾经如是

著　　者：赖声川
出版发行：中信出版集团股份有限公司
　　　　　（北京市朝阳区惠新东街甲4号富盛大厦2座　邮编　100029）
承 印 者：河北鹏润印刷有限公司

开　　本：787mm×1092mm　1/32　　印　　张：9.25　　字　　数：150千字
版　　次：2020年10月第1版　　印　　次：2020年10月第1次印刷
书　　号：ISBN 978-7-5217-2053-2
定　　价：58.00元

赖声川的戏剧创作

赖声川编剧、导演

参与赖声川主持之即兴排练过程：全体原始工作坊演员

2019

– 人物 –

J　　J	女，来自北京的历史系大学生
雪　　莲	女，面店老板
多　　吉	男，能自动吟唱关于净土的故事
扎　　西	男，多吉的弟弟，能和动物交流
彩　　云	女，来自游牧家庭的女孩
大　　强	男，牧民
阿　　福	男，雪莲的丈夫
如　　意	女，雪莲和阿福的女儿
如 意 二	女，雪莲后来的女儿
十　　方	多吉和扎西的母亲
艾玛·伍兹	女，哥伦比亚大学教授
先　　知	男，外星飞碟狂热者
莱利先生	男，华尔街律师

时间

偶然

老翁

老妇

乐手

其他角色

第一乐章

天琴	女，彩云的好友，很有天赋的歌手
美玲	女，阿福的情人，来自城市
小青	女，大强的妻子
汪先生和汪太太	藏獒繁育者
小旅店经理	
歌舞团助手	
森吉	一只狗
大雪怪	
雪狮	
小狮（两头）	
吉美	一头熊
康卓	一只鹿
鹿（两只）	
次仁	一只狼
狼（两只）	
拿转经筒的女人（三位）	
司仪	
新郎	
新娘	
记者（两位）	
面店顾客、婚宴宾客、村民、救难队	

第二乐章

房东

新租户

彩云的工厂同事

流水线监工

哈利和琳达　　一对下水道老鼠

按摩店老板

按摩店顾客

JJ 的同事

年轻的多吉

年轻的扎西

神秘人物

研究助理一

利物浦　　一只狗（声音）

如意二的同学（两位）

36 号　　一只鸽子

小灰　　一只松鼠

蚂蚁（五只）

露西　　一只流浪猫

流浪狗　　无名

世贸大厦保洁

行人、面店顾客、游客、电梯乘客、上班族、消防员

第三乐章

纽约警察

米歇尔　　　面店帮手

歌手

图书馆管理员

电视台主持人

电视台助理

研究助理二

登山者（三位）

猎人（三位）

麋鹿

行人、面店顾客、图书馆阅览人、印度旅者、医护人员、救难队、伤者

第四乐章

护士（两位）

预言家（两位）

小白象

行人、面店顾客、医院病人、病人家属

– 时间 | 地点 –

第一乐章：1991 年，中国云南的一个小山村。

第二乐章：2001 年，纽约。

第三乐章：2012—2013 年，纽约、印度、锡金。

第四乐章：2016 年，纽约。

– 关于舞台布置 –

《曾经如是》演出中，观众席位于舞台中央，观众坐在转椅上，演员们环绕观众进行表演，剧情总体按照顺时针方向展开。观众席形状像是一个金刚杵。这种舞台布置与作者在 2000 年的《如梦之梦》中首先使用的形式类似，被称为“莲花池”。

《曾经如是》场景方位图

观众席
舞台区域

南 ▲
面店（大山、纽约）
圣湖
世贸大厦一楼
冰川附近

● 中岛
星空下
圣湖
树下
那烂陀寺遗址
威廉斯堡
时代广场
世贸大厦一楼
电视台演播厅
净土旅途“印度火车”
野外
群星之下
雪莲的公寓
冰川附近

环绕
山村广场
纽约街道
地震
村子街道
华尔街
净土旅途
世界的街道
世贸大厦
下山

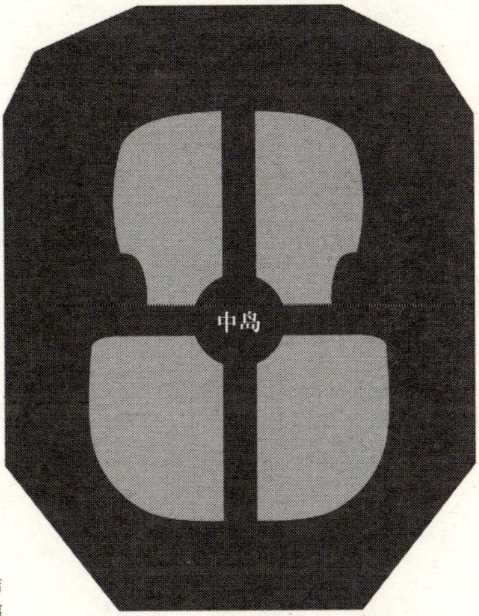

东 ◀
狗场
JJ的小屋
中央车站
计程车
JJ的小旅行社
多吉公寓
华盛顿广场
中央公园
南街海港
世贸大厦咖啡店
纽约市立图书馆
冰川附近

▶ **西**
小旅馆
歌舞团
荒野
深圳服装厂
皇后区按摩院
联合广场
艾玛办公室
南街海港
世贸大厦电梯
冰川附近

▼ **北**
山村广场
高山
大强小屋
野外
婚礼
时代广场
酒店套房
大本营
医院
南街海港

-序　曲-　在梦中

0.1　在梦中

灯光渐亮。乐手演奏平静的音乐。演员们从舞台四面入场，环绕观众行走，就仿佛平日走在街上一样。

随着音乐的变奏，演员们加快步伐。

一名演员倒下，更多的人倒下。一些人起身，一些人搀扶别人。有人喊叫，有人继续倒下。

这一片逃难般的混乱终于重新恢复秩序。演员们又环绕观众行走，就仿佛平日走在街上一样。

所有演员各自停下脚步，就自己环绕着面对观众的位置。

0.2　如是我闻

拿铃的演员拿出铃，摇铃。演员们按照顺时针方向一个个轮流说出这集体故事。

第一位演员　如是我闻……

第二位演员　（抢话）如是我闻……

第一位演员　（抢回）在我的梦里……

第二位演员　（抢话）在我的梦里……

第三位演员　（抢话）在我的梦里……

第一位演员　（抢回）在我的梦里，我听到啪啪翅膀声，我见到一束迷人的火焰。我走近，被灼伤。

第二位演员　是我梦见自己是一只飞蛾，还是说，一只飞蛾在我头顶，飞到半空中睡着了，然后梦见了——？

全体演员依序轮流说故事。

全　体　在我的梦里，我心中所向往的一切全部都显现在面前：灿烂的一切，爱……但当我伸出手去抓它们，一样一样像阳光下的露珠一般消失了。

在我的梦里，我决定去享尽一切肉欲。我享乐无穷，但就像盐巴和辣椒一样，吃的越重，要的越多。我四处流浪，寻找解药。

我走进一间巨大的百货公司，新一季时装正好上架，全是我最爱的，我买了又买，买了又买。结账后，我快乐地抱着根本就抱不动的大包小包，然后……我找不到出口。

在我的梦里，我站在马路边。我看到云在天空中缓缓飞动，树在微风中轻轻摇摆，和我身旁的汽车、行人，行人手机里的微信、朋友圈、游戏都融合在一个奇妙的同步韵律中。我听到周围人们的交谈声，机器嗡鸣的转动声，孩童跑跳追逐的玩耍声，草木静静的生长声。我可以清楚地解释我眼前每一样东西分别是如何根据千变万化的因缘而幻化到我眼前的，但我无法解释所有这一切是如何奇迹般地拼凑到一起，创造出那完美的、不可思议的、唯一的刹那。

在我的梦里，许多渊博的老师给了我珍贵的教导，让我得到各种重要的知识，但多年之后，在另一个梦里，我发觉那一切都是错的。我怎么样才能从这噩梦中醒来？

我看到时间。她在流动，恒常地。我想用手去抓她，让我看清她舞动的美姿，总是捕捉不到她狡猾的身影。我想杀她，怎么都抓不到。有一天，她主动停下来跟我说话，但我听不懂她说的。

在我的梦里，我想知道我的人生是早已命定了，还是一切都是偶然。我遇到一个流浪汉，他跟我说什么都是事前决定的，但一切又是偶然。

在我的梦里，我的家园被摧毁了，我们一大群人被迫逃离。一支难民队伍缓慢穿越一片废墟，没有目的地，直到永远。在瓦砾堆中，我听见一个人轻轻地说：“唯一让我们成为人的，便是希望。”旁边另外一个人回应说：“但我们必须放弃一切希望才能活下去。”

如是我闻，闻之梦中。

一位智者说，世界上说来说去只有三十六个不同的故事。另一位智者说，世界上只有七种不同的故事。还有一位智者说，世界上只有六个不同的故事。到底有多少个？又有一位不知名人士说，人类从头到尾只有一个故事：不断重复地征服与被征服、毁灭与重建，蠢动之后再蠢动，皆以欲望之名。

梦醒时，我发现我的房间正在我梦里梦到的房间隔壁。我开门，看见我之前的梦，正在进行中。我是不是来到同一个梦的另一个房间？我打开了房间另一头的一扇门，走进下一个房间。我看到这个房间另一头还有一扇门，这扇门还通往另一个房间……

是的，这一场梦确实浩瀚、精深。它是如此之开阔，想要从中醒来的机会不大。

如是我闻，闻之梦中，曾经。

曾经如是。

所有人向左转，依次下场。JJ 留在东北方的位置。

- 第一乐章 -　山村：时间、空间、偶然

1.1 山村

雪莲、阿福、如意、美玲绕场行走，和他们一起的还有大强、多吉、扎西、其他村民，以及三个拿着转经筒的女人。以下的过程中，有些下场，有些继续绕行。

JJ 对观众说话。

JJ 我叫 JJ，就是“晶晶”的缩写。小时候，我父母就离家到远方，到不同的城市去发展。后来，他们分久了并没有和，就此分开了，各自成立了新的家庭。这让我从小就相信，幸福与梦想，还有爱，都在别处，要走去很远的地方才能找到。

我很会读书，考上了北大，然后谈了一场轰轰烈烈的恋爱，失败了。突然间，我的人生像一片废墟一样。我好像爱丽丝掉入虫洞一样，所有所谓“正常”的思维都扭曲掉了。像是看游乐场的哈哈镜一样，我看到每一个人都在努力迈向幸福，但所有人做的大部分事情就跟我一样，似乎在保证真正的幸福不会到来。

历史有一个循环理论说，说历史是不断重复的。这一点我相信，但重复什么？我们不断重复地做出错误的决定，不断自相残杀，不断重复地侮辱彼此，不断地不从自己的蠢动中获得教训，继而干出更浮夸、更荒唐、更伟大的蠢事。

（激动）很快，我们就要因为自己的贪婪、自大、自私而造成地球第六次大灭亡！（停顿，稍稍平静）所以说，我们从历史中学到了什么？什么都没有。

我大三休学了，踏上了一段旅途，从北京出发一路向西，踏寻一个能让我免于重复自己错误的地方。我走过许多城市和乡村，带着爸爸送给我的相机，一路记录我的旅行。最后我来到一个风光明媚、生活悠闲的小村子，在云南。很多不同民族在这个小山村共同居住，在他们的脸上我看到了一种不一样的气色，祛除了城市人脸上的焦躁。

阿福在环绕舞台的南边，他拿出乐器，弹奏。雪莲停下，倾听。JJ边说话边环绕，走向他们。

在这儿，我抛弃了远大梦想，我学会山村人单纯地享受早上呼吸到新鲜的山间空气、向所有村民请安问好、聊聊谁家的牦牛逛到谁家草原上的生活。时间毫不费力地流动着，清早的一缕晨光不知不觉已经变成下午的金光万道，人们聚在村子中心的广场上，在逐渐消失的阳光中载歌载舞，听村里著名歌手阿福的歌唱。

村民们 （喊）啦嗖——!!

村民们在广场上聚集。阿福弹着乐器，开始唱歌。雪莲心怀崇拜地在一旁聆听。

阿　福 （唱）圣洁的山顶，

在阳光下放光明，
就像我的心，
无私地奉献给你……
纯净的山风，
遍满山谷，
就像我的心，
无私地奉献给你……

众人鼓掌。乐手继续弹奏，阿福起身，与雪莲跳舞。众人欢呼。

众 人 喔——

J J 阿福和雪莲从小一起在村里长大。雪莲爱阿福优美的歌喉和纯净的灵魂，阿福爱雪莲刻苦认真的生活态度，以及她心中那似乎无穷无尽的爱。他们长大后结婚了，生了个漂亮的女儿，叫如意。

阿福和雪莲手拉手，走到位于环绕舞台南边的面店，中途如意加入，跟随他们到南区的面店。

1.2 高山牦牛拉面

雪莲站在面店前，虔诚地合掌，专注。来吃面的顾客一、二和JJ站在旁边看。

J　J 广场旁边，（指）就是那边，是雪莲他们家著名的、从她母亲那边传下来的面店。我在这里不知吃了多少碗好吃的牦牛肉面！在村子里大家的心目中，阿福和雪莲是金童玉女、黄金搭档。他们的生命，他们的微笑，他们的面，他的音乐，是那么充满着愉悦，整个村子似乎随时被吸引到他们的小吃店里。每天早上开张之前，雪莲都会虔诚地祈祷。我起先不知道她在做什么，但看到她，总是会被感动。

顾客一 雪莲，你在拜什么？

雪　莲 没有，我就是感谢大地。每天我在这边煮东西擀面，锅子那么烫，让他很辛苦。我总要谢谢他。

灯光变化。面店突然活起来了。雪莲在扯面，阿福端面给客人。小店里生意兴隆，食客众多，两人的女儿如意也在帮忙。阿福端着两碗面来到一桌旁。JJ也在吃面。

阿　福 一碗重辣！一碗不辣！你们俩怎么可能过到一块儿？

顾客二 每天吵架！

顾客一 谁跟你每天吵架？两天还差不多！

阿　福　吃面！

雪　莲　吃面就不吵！如意，去帮忙擦桌子。

如　意　是，妈妈。

另两位顾客离开，如意收拾桌子，同时又有两位顾客进来。

顾客三　来两碗！

顾客四　雪莲，我今天在市场卖青稞，你猜卖多少？一斤才一毛钱！这日子怎么过？

雪　莲　我教你日子怎么过。

顾客四　怎么过？

雪　莲　吃面！

JJ 站到雪莲旁边，拍雪莲。

顾客四　日子不好过，听首歌吧！

顾客三　阿福今天唱不唱？

阿　福　正忙着哪！

顾客四　加钱！我们加钱！

雪　莲　给他钱没有用，他要有感觉才行。

顾客三　歌坛巨星！阿福，赶快有感觉，来一首啦！

顾客一　他需要感觉——

阿福给另一桌上面，然后把手在围裙上抹了抹，开始唱歌，是一首传统风格的曲子。

顾客四　来了来了！

阿　福　（唱）感觉——

顾客二　这下我们赚到了！

阿　福　（唱）生活烦恼的时候……

顾客一　这首没听过。

顾客三　这是他的新创作！

雪　莲　这是他现编的！瞎掰！

阿　福　（唱）来碗面！……

雪　莲　你看！

阿　福　来碗面！

一碗一碗用心，一片一片爱心，

来碗高山牦牛拉面！

JJ 在旁拍照，雪莲把阿福拉下椅子，顾客五到。

顾客二、三　好！

雪　莲　下来！让客人坐！

阿　福　如意！收他们双份的钱！

如　意　是的，爸爸！

顾客鼓掌，面店里充满了欢声笑语。

1.3　星空下

雪莲和阿福走向中区，手拉手站着，仰望天空。

J　J　晚上打烊后，辛苦了一天，锅子洗干净了，雪莲和阿福有时会走到村外，在满天星星之下，静静地看着天空。

两人静静地看着天。

雪　莲　阿福，我们好小。

阿　福　对，我们微不足道。

雪　莲　但有时候我又可以感觉到，我们是一起的。这全部，都是一起的。

1.4 神奇的一家

广场另外一边，另一个深沉的声音唱着，是多吉，在吟唱从自己脑海里涌现出来的故事。

多　吉　（吟唱）在远方有一个地方，它就是净土。

群山环绕……

多吉的思路断了，他痛苦。

村民一　多吉，请继续……

村民二　他唱不出了。

村民一　怎么回事？

村民三　卡住了。

村民二　他都是直接从心里唱出来，唱什么他都不一定知道。

村民三　他现在卡住了，等一下就好了。

村民一　啊？

JJ 说话。

J　J　村子中有另一个歌声，跟阿福完全不一样。多吉每天在广场开唱。他和他的弟弟扎西本来是淳朴的牧民，据说有一天晚上，一位神秘客来到他们梦里，打开了他们体内的特殊能力，让弟弟能和动物交谈，哥哥能开口就吟唱美丽的诗歌，关于传说中的一处世间净土。多吉每天在广场上唱出从心中直接涌现出的诗歌，有时得不到灵感就停住，像当机一样。唱的是关于一处在远方的净土，令听众听完了，即使不信，也向往不已。

突然，多吉又开始吟唱了。JJ 拍照。

多　吉（吟唱）有一个七彩的瀑布，
背后神秘大门，
只要能进得去……

J　J（对观众）有时阿福在面店，多吉在另一边，两边一起唱起来的时候，我觉得自己在天堂！

突然，多吉又开始吟唱了，阿福在另一边呼应。

多　吉（唱）没有忧虑——！

阿　福（唱）圣洁的山顶……

多　吉（唱）没有哀愁——！

阿　福（唱）在阳光下放光明……

多　吉（唱）那里就是净土——！

阿　福（唱）就像我的心……

多　吉（唱）就是净土——！

阿　福（唱）无私地奉献给你……

多　吉（唱）就是净土……

扎西环绕观众行走，停下和空中的鸟儿交谈。

扎　西　你好你好，好久不见，从哪边过来的，吃饭没有？你看到她了？你确定吗？往哪儿去了？……

J　J　（对观众）多吉的弟弟扎西有了可以和动物说话的能力之后，到处寻找离开他们的母亲，但他这特殊能力换来的只有村民异样的眼光。久了，扎西早已成为村里的娱乐。

一位村民把扎西从鸟儿旁边领开。

扎　西　看到了和我说。

村民四　行了，扎西，到我家吃饭去……

扎　西　谢谢你。喔，鸟儿们也谢谢你上次撒给它们的小米……

村民四　是吗？（偷笑）走吧走吧……

村民四领着扎西下。同时，多吉和扎西的母亲，十方，开始环绕观众行走。她穿着破布织成的衣服，偶尔驻足凝视她看到的景象。

J　J　（对观众）兄弟俩特殊能力的基因来自他们的母亲，十方。她是一个饱受折磨的女人，两个小孩还小的时候，她在山里出了一场车祸，先生死了，而她从此就有一种特殊的能力：她人走到哪儿，都能看到那个空间里从古到今曾经待在那里的所有人，而且是同时看到的。那是什么样的感觉，我是没法理解。

十　方　（对空气）请不要再欺骗她了！不，别……别打她!!!求你了！打她干什么？打她有什么好处？

J　J　她无法承受在村子里和人们一起生活，那种感官上的轰炸对任何人来说都是无法接受的。她一路流浪，到不同的山谷村庄，寻找安宁。

十方停下，在路边点上几支香。

十　方（对空气）请接受这焚香的祝福……愿你能从痛苦中得到解脱……（看到另一幕景象）不——！你为什么要这么做?!你看不到后果吗？你这么做会毁掉好多人的生命!!好多人!!不要！不要——！

十方筋疲力尽，在路边躺下。广场上，多吉和阿福继续唱。

多　吉（吟唱）……净土里，四季花开，

天降甘露——

1.5 森吉

村子周边一间犬舍，犬只繁育者汪先生在看电视。

JJ在环绕舞台东北方向说话，大强环绕观众行走。

J J 村里有一个叫大强的牧民。他和妻子小青住在一间山边小屋里，养着八十头牦牛，过着简朴的生活，直到一天，当大强看到一条城里人养的藏獒，他的人生发生了骤变。

大强上。他是一位单纯、谦卑的牧民。大强敲门。

汪先生 请进。

大 强 呃……扎西德勒……

汪先生 扎西德勒，你好。

大 强 我叫大强。请问你，你们是卖狗的吗？

汪先生 这些狗不卖。我们是做繁育的，这些狗是要卖到大城市去。喝茶。

汪太太为大强端来茶。

大 强 喔谢谢你。

汪先生 你是放羊的，对吧？

大 强 牦牛。

汪先生 是，牦牛。

大 强 你说你的狗是要卖给城里人？

汪先生　没错。我们刚收到北京来的订单，要买我的一条狗。

大　强　多少钱？

汪太太　七百。

大　强　哦。

汪太太　万。

大　强　啊？

汪先生　你没听错。现在城里人家里没条藏獒，都不敢说自己有钱。

汪太太　毛色还得搭配进口沙发的颜色呢。

停顿。

大　强　不好意思，我没听懂。

汪先生　什么不懂？

大　强　是这样，我这两天看你在遛狗，其中有一只……我喜欢。

汪太太　你是说你想买一只？

大　强　嗯，是的。

汪先生　可是……

汪太太　呃，先生……

汪先生　他叫大强。

汪太太　大强……这些狗是要卖给城里人的，你不可能买的。

大　强　为什么？

汪太太　说白了，你不可能买得起。

大　强　可是这些狗本来就是从山上来的，不要钱的！

汪先生 那你就到山上去抓一只不要钱的好了。

大　强 不是，我就是……我特别特别喜欢那只。

汪先生 哪一只？

大　强 就额头上有块棕色那只。

汪先生 森吉？

大　强 森吉？

汪先生 对，她叫森吉。森吉不卖的。

汪太太 城里人来我们也不卖，她是我们的母种犬。

汪先生 她每年要为我们生下四五个崽呢。

大　强 可是……商量一下嘛，要多少？

汪太太 你觉得多少合适？

汪先生 （对汪太太）别说了。

大　强 我愿意用一头牦牛来换森吉。

停顿。汪先生、汪太太大笑。

汪先生 来，大强兄，喝茶，欢迎你随时过来喝茶。生意咱们就别再谈了。

大　强 一头牦牛可比一只狗大！不然五头牦牛换森吉怎么样？

汪太太 （笑）不是，我们要五头牦牛干吗？

汪太太下。

大　强 好，十头牦牛。你想想，十头牦牛排一排，就为了换你的森吉。

汪先生 你一共有多少头牦牛？

大　强 一共有八十头。

汪太太牵着森吉上。

汪太太 你确定你说的是这只狗吗？

大　强 对！就是她！

汪先生 你为什么那么喜欢森吉？

大　强 很难说清楚，就跟她有一种……感觉。我就是……我就是想要她，我就是需要她。

汪先生 他恋爱了。

汪太太 可不是？

两人大笑。

汪先生 别想啦，就算你把八十头牦牛全都给我们也不行！

大　强 好，那就全都给你们。

停顿。汪先生、汪太太看彼此。

汪太太 不是，这……

汪先生 这么多牦牛，我们要来干什么？我们又不是养牦牛的，又没有像你在山上那一间小屋，可以随时看着……

大　强 你想要那个小屋？没问题，给你！

汪太太 不是，那你和你老婆住哪儿？

大　强 住哪儿都行，我们是牧民。

汪太太 可是你老婆会……？

大　强　听我的！在家我说了算！

汪先生　是这样，大强先生，我们一般不这么做生意，可是既然你这么喜欢森吉，咱还是替你想想办法。

大　强　谢谢！想办法想办法……

汪先生　八十头牦牛加你的小屋，勉强换森吉。

两人握手、拥抱。

大　强　成交！我太高兴了！我现在就能把森吉带回家吗？

汪先生　当然。那我们晚点来看牦牛。

大　强　没问题，带走，全带走！我太高兴了！森吉！走！回家去！

大强快乐地牵着森吉下。

1.6 高山上的两朵花

镇上一家小旅馆，旅馆经理正坐在桌旁吃饭。

彩云和天琴上。她们是大山里的牧民姑娘，这次来村里是要参加当地歌舞团的海选。两人都只有十几岁，初来乍到。

彩　云　是这里吧？

天　琴　你确定？

旅馆经理　两位是要住店？

彩　云　我们需要一个房间。

旅馆经理　八块。

停顿。两个女孩有些紧张。

彩　云　我们听说只要一块五。

旅馆经理　一块五？通铺一个床位就一块五，你们两个人睡通铺要三块。

天　琴　叔叔，我们下午要去参加选拔，我们需要一个地方放行李、做准备。

旅馆经理　选拔？

彩　云　在歌舞团。

旅馆经理　你们是山上来的吧？你们觉得一块五就有地方住？还包早饭晚饭吃？

天　琴　我们是听人那么说的。

彩　云　我们住通铺可以，可是我们只有……

旅馆经理　你们知道通铺是什么样的吗？一群烂醉臭男人，我都不敢睡，肯定不能让你们俩睡。

天　琴　那如果我们就睡这张沙发上呢？我们不吵。

天琴递给经理一块五。

彩　云　我们不用吃早饭。

停顿。经理想一想。

旅馆经理　这样吧，你们把东西放下，准备选拔，等回来的时候我看有什么办法。

彩　云　太谢谢您了！

天　琴　您真是个大好人！

彩云和天琴把东西放在柜台后面。

1.7　雪怪与圣狮

风声。扎西在高山上遇到坐在石头上的大雪怪。

扎　西　哦……扎西德勒，你好。

大雪怪　你会说我们的话？

扎　西　会。

大雪怪　你是人，人不说人话？

扎　西　也会。

大雪怪　这么高的高山，你……不怕冷？

扎　西　我在找我母亲。听说穿过那边的山道有一个湖，湖水的蓝色是任何人类都没见过的。我想我母亲可能会去那里。或许在那儿，她能找到宁静。

大雪怪　你想去那里？

扎　西　是。

大雪怪　（突然凶猛）那必须先过我这关！

扎　西　你是传说中的大雪怪吗？

大雪怪　正是。你大概也知道我的另外一个名字：恐怖雪人。

扎　西　是，我听过这个名字。

大雪怪　那你为什么没有吓得屁滚尿流？

扎　西　因为你不恐怖啊。

大雪怪 啊？

扎　西 其实，我还觉得你挺可爱的。

大雪怪 （怒气）可爱?! 我……（泄气）聊聊。

大雪怪坐下。

那我怎么办呢？人们都叫我……

扎　西 为什么要在乎别人给你起的名字？

大雪怪 我都不知道那名字是哪儿来的。我恐怖吗？我自己都不觉得。

扎　西 那你就别挡我的路，好不好？

大雪怪 可是传说故事中规定我这么做，我觉得要配得上传说故事里的名声。其实你不知道，我活得很辛苦。

扎　西 那你何必呢？反正也没有人见过你。

大雪怪 啊？

扎　西 就算有，也不相信你真的存在。所以不要在乎，你应该好好地做你自己。

大雪怪 做我自己？

庄严的音乐。雪狮上。她脖子上戴着一个花环，后面跟着两头服侍她的小狮子。

雪　狮 这位人士是扎西先生吗？

扎　西 你怎么知道我的名字？你……哦天啊，高贵的圣兽？您是……雪狮？

大雪怪 她就是。

扎西五体投地。

扎　西 我怎么都没想到您真的存……会遇见您！您的威仪、您的美丽真是冠绝百兽。

雪　狮 是因为你认为我不存在吗？

停顿。雪狮坐在石头上，小狮拿保温杯让她喝水。

扎　西 我当然……不是，我也许有那么一秒钟，我曾怀疑……

雪　狮 扎西，你被赋予了能和我们动物交谈的特殊能力。

扎　西 这能力把我害惨了。没有人相信我。

雪　狮 你一定要坚持下去。你的使命是要把自然和谐的信息传递给世人。

扎　西 这太困难了。我……（有点激动）我辜负了您，威严的圣兽。人们总认为我是疯子。如果您直接下山到村里去，让人们见识您的英姿，他们就会相信了。

雪　狮 未必。人们只相信他们想相信的。

扎　西 人们就是这么说我的。

大雪怪 说你创造自己的幻象？

扎　西 对。

雪　狮 我们岂不也是？

停顿。

你要去圣湖，是吧？

扎　西　是，如果可以的话。

雪　狮　来吧。

他们一起下。

1.8 新的风景

四位顾客在面店，雪莲在扯面。

JJ在面店架起了相机，准备跟雪莲一起拍照。

雪　莲　干什么？

J　J　看相机！笑一个！

雪　莲　有什么好拍？

JJ和雪莲对镜头微笑，相机自动拍照。

J　J　好看！雪莲，你就是好看！这里什么都好看！

雪　莲　什么好看？这里就是这里。

J　J　实在是太美了，大山，小村庄。

雪　莲　欸，JJ，你怎么会离开北京？我是没有办法想象一个女孩子离家这么远。北京有什么不好？

J　J　北京没有什么不好，是我的问题。我需要随时换风景吧。

雪　莲　我不需要换风景。这里每天看出去，就好了。倒是如意，她不同，我想让她未来能看到不一样的风景，所以我一切努力就是供她到城里上学用。

顾客二　雪莲，今天这个辣椒不够辣哦。

雪　莲　那是你的问题！这辣椒从我妈妈教我怎么做的那一天起，从来没变过！不喜欢你可以到别家去吃！

顾客一 哇雪莲，这么认真？放松一点！

雪　莲 我妈妈说过，每一颗蒜、每一根辣椒，都要切得完美，每一碗面都要做得完美，才能对得起客人！

顾客二 好好，完美！

多吉经过面店门口，心事重重。

雪　莲 欸多吉，进来吃碗面！

多　吉 不用，谢谢，雪莲。

雪　莲 没关系，你一定饿了。我看你今天唱了很久，我请你吃面。

多　吉 那我走了，谢谢你，雪莲。我要去……想想事情。

多吉下。

顾客二 他要去想想事情！

顾客一 他们兄弟俩还真忙！

顾客二 我看我们村里他们最忙！

雪　莲 少在背后这样说人家！你又不是他，你怎么知道他脑子里想的是什么？我倒觉得他们很辛苦。

顾客一 辛苦，辛苦……

顾客二 走了，雪莲，我们忙去！

顾客一、二付钱，下。顾客三、四上。

顾客三 欸雪莲，你不去给今晚的婚宴办酒席吗？

雪　莲 当然要。

顾客三 那我怎么听说人家请了那家新开的川菜馆去办呢？

雪　莲　新郎家喜欢新鲜，没事，面还是我做。

顾客四　呃，雪莲，其实这不关我的事，可是……有人看见阿福最近跟那个女老板走得比较近。

雪　莲　她新开的店嘛，阿福在帮她打理一下。

顾客三　吃面吃面。

J　J　听说你们今天晚上有婚礼啊？

顾客三　是啊，晚上在那里见。

J　J　可是没有人邀请我啊。

顾客四　哎呀，你们城里人不懂，这不需要邀请，直接去。

阿福上。

J　J　真的？那你们都会去？阿福，你会现场献唱吗？我想拍照，特别想拍你穿民族服装唱传统民歌的样子。

阿　福　我在写新东西。

顾客四　（唱）“来碗面！……”

阿　福　幼稚，才不是。我在写一首重要的新作品。

雪　莲　什么？

阿　福　那个雪莲，我需要借一下那个大锅子。

雪　莲　干吗？

阿　福　他们，她帮婚礼做菜要用。

雪　莲　那我拿什么煮面？

阿　福　什么问题？酒席又不是你办，那就把工具借给需要的人啊！

我还要拿点面粉。

阿福转身到后面拿东西。

顾客三 晚上见。

顾客四 我也走了。

顾客三、四付钱，下。

停顿。

如意从面店里面上。她一身上学的打扮，带着简单的行李，一副闷闷不乐的样子。

雪　莲 如意都准备好了？

如　意 妈，我不想去了。

雪　莲 不想去也得去。3:30 的车，赶快。

如　意 我就是不想去。

雪　莲 你说了不算。阿福，带如意去车站。

阿福正在搬面店的大锅。

阿　福 我？你没看见我正忙着呢？

如　意 你看，爸爸忙，你也忙，而且我这回一走要到冬天才回来呢！

雪　莲 停。我知道你心里打的是什么算盘。你不能想去婚礼就不去上学！

如　意 我当然想去婚礼。我最亲的表姐结婚我怎么能不到？

雪　莲 如意，你要把心思放在学习上。等你长大以后，多的是婚礼可以参加。去吧。

如　意　妈，我明天走，只差一天呀。妈，求你了！你帮婚礼做面，不需要帮手吗？我留下帮你擀面呀！

雪　莲　可以，那你就永远别去！你就荒废你的人生，一辈子留在这个小村子里擀面，擀到双手抽筋，扯面扯到手指头断掉！

如　意　妈，你不是老跟我说，家庭第一吗？

雪　莲　如意，宝贝，不许讨论了，去吧。拿着钱，到车站买个包子吃。

雪莲塞钱给如意，如意不得已带着行李下。

J　J　那我也走了。晚上见！

JJ 下。

阿福拿好大锅，准备离开。

雪　莲　阿福，跟我说说，你和那个女的怎么回事？客人都在问。

阿　福　（不悦）怎么回事？她雇我去做她的室内装修！怎么回事？

雪　莲　那这边的装修你怎么就不管？

阿　福　因为这里从来都是你的装修、你母亲的面店、你家的生意！我从来就是站在旁边洗洗碗说说笑！我不存在！我是个隐形人！我快要闷死了！我需要一个真正尊重我的地方，我找到了！

雪　莲　尊重？阿福，你在说什么？

阿　福　我新歌写出来了。

雪　莲　你去那儿是写歌去？

阿　福　那里有灵感。

雪　莲　你怎么不跟我说这些？

阿　福　这是我的一次巨大的突破。

停顿。

雪　莲　阿福，你不觉得你最近嗓音在变吗？

阿　福　雪莲，我的人生需要灵感，我的艺术需要灵感。

雪　莲　你的人生、你的艺术、你的灵感，阿福，你是艺术家，但你还是……我们还是有平凡人的需求，我们要擀面、扯面、卖面，要生活，要供女儿上学……

阿　福　你根本不知道我在说什么！

雪　莲　我怎么不知道？阿福，你跟我，从小，我们就是一个人！

阿　福　那你就应该知道我快要被你们家这个店困死在里面了！

雪　莲　阿福，给我们一点时间，等女儿大一点，我来找人帮忙，你就可以全心做你的创作。

阿　福　我已经等不及了，雪莲，我需要往下走。

雪　莲　对！你要往山下走，到城里去，做那种千篇一律的少数民族歌手！

阿　福　我阿福是独一无二的！

雪　莲　等你被逼着唱城市人喜欢的歌的时候，你就会知道。

阿　福　我能保持我的尊严。

雪　莲　你的心都没了，你还什么尊严？

停顿。

阿　福　我走了。

阿福拿着大锅，下。JJ看着雪莲继续做面。

1.9　选拔与梦境

歌舞团排练厅外面，彩云和天琴正在等候选拔点名，紧张。

天　琴　听她们练习，怎么唱得这么好啊?! 而且你看那刚进去的，人家打扮得多漂亮？刚刚我们完全没希望。

彩　云　别担心，她们有好服装，你有好嗓音。

天　琴　我们什么都不懂，什么都没有。她刚刚手上拿的是什么？

彩　云　CD 机。

天　琴　我们没有，怎么办？会扣分的。

一名助理上，把两人的身份证还给她们。

助　理　接着就是你们。

彩　云　呃，老师，我们没有自备 CD 机。我们的舞蹈音乐怎么办？

助　理　不用担心，老师会教你们。

天　琴　我们只会唱歌，对山谷唱，对天空唱，其他什么都不会。

助　理　放轻松就好了。

助理看看排练厅里面的情况。

马上到你们了，准备。

天　琴　哎呀彩云，我好紧张。

彩　云　不要紧张，你一定会上!

天　琴　你也是!

彩　云　我嘛就算了，已经做好失败的准备。

天　琴　你怎么这么说呀？

彩　云　昨晚我做了个噩梦，我的手脚都被绑住了，我腿动不了，跳舞跳不了，就想开口唱歌，但是发不出声。

天　琴　那太好了。

彩　云　好什么？

天　琴　因为梦都是反的呀。

彩　云　不对，梦是征兆，所以我知道你一定会选上。

天　琴　为什么？

彩　云　在我的梦里你好漂亮，好漂亮，飞在天空中，全身发出金色的光芒，一直在旋转，越转越高，像天上的仙女一样……

助理上。

助　理　和彩云，舒天琴，两位请进。

彩云和天琴紧张地跟着助理下。

1.10 命运的召唤

大强的山间小屋，他的妻子小青正在做饭。大强上。

小　青　你跑哪儿去了？吃饭啦。

大　强　哦，我，出去了。

小　青　去哪儿？

大　强　我……去找那家养狗的。

小　青　那号人不能碰，他们把山里的狗抓来卖给城里人。

大　强　是呀。你知道卖多少钱吗？

小　青　他们也就是嘴上说说，不可能真卖到那个价钱。

大　强　我看未必。城里的事说不准，我们根本不懂。

小　青　快来吃饭吧。明天得牵两头牦牛到市场去，你想好要牵哪两头了没有？

大　强　这个……

狗叫声。

小　青　什么声音？

大　强　那是……森吉。

小　青　什么？

大　强　森吉。

大强走到屋外，把森吉牵进来。小青大吃一惊。

小　青　大强，那是……只藏獒欸。

大　强　（对狗）森吉，这是小青，你可以叫她妈妈。

狗叫。

小　青　等一下。什么意思？我们现在有只藏獒了？

大　强　是。

小　青　你买的？

大　强　换的。

小　青　用什么换的？我就那么一点盐巴和酥油，你没把我的盐巴给人吧？

大　强　没有，放心，你的盐巴不用担心。

小　青　那你拿什么换的？

大　强　牦牛。

小　青　大强，我们就靠这些牦牛活着。换多少头？

停顿。

大　强　你听我说，小青，我感觉到命运的召唤！森吉是注定要来我们家的，现在我们有了她，事事都会顺利的！我有一种很确定的感觉，我们再也不用辛辛苦苦放牦牛过日子！

小　青　你到底给人家多少头？

大　强　你能感觉得到吗？

小　青　两头？

大　强　那种命运的召唤！

小　青　五头？

大　强　那种美好的兆头……

小　青　可别告诉我十头。

大　强　全部。

小　青　你……?!

沉默。小青气得走开。

大　强　（对森吉）不要担心，森吉，妈妈会想通的，有时候她就这样。（对小青）小青，你知道森吉在北京能卖多少钱吗？七百万！价钱还在涨，因为藏獒越来越少了，哦对还有……我们需要整理一下这边所有东西，明天一早就得……撤。

小青回来。

小　青　全部八十头牦牛，加上我们的房子?!! 就为了这……?!!

大　强　太划得来！你不觉得吗？

小　青　我想请你帮我做件事。

大　强　你说。

小　青　把森吉带出去遛一圈。

大　强　刚遛过，我们走回来的。

小　青　没关系，带她走远一点。你直接带她去北京。

大　强　啊？可是……

小　青　你把你那只破狗遛去北京，把她卖了！卖不到七百万就别回来！

小青下。

大　强（对森吉）不要害怕哦，森吉，没事儿的。明天一早她就好了。

1.11 一抹蓝色

圣湖。扎西凝视着湖水，雪狮在他身旁，大雪怪在他们身后。扎西感动流泪。

雪　狮　能和动物交谈的人类，你为什么哭？

扎　西　因为实在太美了。我从来没想过蓝色可以这么的……蓝。还有光，那个光——怎么这么……光？

雪　狮　美为什么会流泪？

扎　西　因为我害怕离开之后再也看不到它，我害怕离开你之后再也看不到你，最美丽的圣兽。

雪　狮　你会再看到我的，扎西，但现在，是时候了，要下山。

扎西流泪。雪狮和大雪怪下。

扎西下山。

1.12　住房运

小旅馆里，经理坐在沙发上，彩云和天琴参加选拔回来了。

旅馆经理　姑娘们，选上没？

沉默。两人垂头丧气的。

不要紧。明年再来哦。

天　琴　对，明年再来。

彩　云　你说什么，天琴？你上了！

旅馆经理　什么？她选上了？

彩　云　早跟你说过她一定会上的！我梦都梦到了！

旅馆经理　太好了！祝贺祝贺！（对彩云）那你呢？

彩　云　我？我说了我无所谓。

旅馆经理　那你们哭什么？应该好好庆祝才对！

天　琴　彩云没选上，我也不去了。

旅馆经理　这是哪儿的话？

天　琴　我们从小一直都一起，在山上放牛、唱歌。彩云，没有你，我是不会来的。

彩　云　别说傻话，你进歌舞团了！

旅馆经理　对！你有工资、有保险，还有福利，你能养活全家人了！

天　琴　这太不公平！彩云唱得那么好，他们凭什么不要她？

彩　云　错，天琴，说我唱得好简直是笑话！你的天赋才是无人能挡！你没看到你一开口唱，那些老师都呆住了！我心里有数，我这趟本来就是来陪你的。

旅馆经理　这样好了，姑娘们，有一个客人本来住私人房，取消了，为了庆祝你们的成功，我让你们住私人房。

彩　云　啊?

旅馆经理　晚上，你们一块儿去参加婚礼。把行李拿过去吧，那是你们的房间。

彩　云　谢谢您。

旅馆经理　开始庆祝吧！

1.13 睡着与觉醒

扎西在野外,他碰到一头叫吉美的熊。吉美身上驮着很多自己的东西。

扎　西 喂，吉美，扎西德勒！

吉美熊 啊，扎西，扎西德勒！哎，怎么感觉你有种悲伤啊？

扎　西 因为我远离了我这辈子再也看不到的美。

吉美熊 那真可惜啊。不好意思，我忙着呢，那我们就明年见咯？

扎　西 你这么早就要去冬眠了？

吉美熊 今年没什么事，我就想早一点收了。

扎　西 吉美，我能不能问你一个问题？

吉美熊 问。

扎　西 睡一个晚上醒来，跟睡一个冬天醒来，这两者有什么区别？

停顿。吉美想一想。

吉美熊 没有区别。

扎　西 是吗？

吉美熊 醒来都很饿。哈哈哈哈。

扎　西 就这样？

吉美熊 不是，都一样是醒来。打个盹醒来，做个梦醒来，睡一冬天醒来，睡一百年再醒来，糊里糊涂醒来，都一样是醒来。睡着就是睡着，醒来就是醒来。

扎　西　谢谢。那就，多加保重咯。

吉美熊　嗯，你也是，我的兄弟。

吉美熊放下一切，与扎西拥抱。

三只迁移中的鹿从他们身边跑过，鹿的脸上写满惊恐。

扎　西　喔！那是——欸，康卓，是你吗？你们跑什么？出了什么事吗？

康卓鹿　扎西，赶快走！这两天太多奇怪的事！昨晚……

鹿　二　来，喘口气，然后我们继续上路。

扎　西　去哪儿？

鹿　三　去南方。

吉美熊　干吗？

康卓鹿　不管，就是要走！所有动物都上路了。你没感觉到吗？

扎　西　我本来想去找老鼠聊天的，但……

鹿　二　他们早走了。

扎　西　啊？

鹿　三　老鼠们一大早就走了。要出大事了！吉美，你也该走了！

吉美熊　我无所谓，我反正今年收了。

康卓鹿　（情绪激动）昨晚，我们的七个姐妹跳崖自杀了！

扎　西　为什么？

鹿　二　就是不清楚。跟我们走吧，吉美，去南方。

吉美熊　抱歉了，我……我太重了。各位，你们现在看到的是要去冬眠的吉美，不是奔向春天的吉美。你们保重，愿你们过一个平安的冬天。我要去抢我去年那个山洞了，先到先得啊。再见。

熊带着行李下。

扎　西　再见，吉美。

康卓鹿　扎西，你要赶紧去警告村里的人类，让他们赶快动身。

鹿　二　走吧。

鹿　三　再见，扎西。

扎　西　他们从来不信我。

三只鹿下。

1.14 一根歪梁

JJ 的小屋内，多吉在帮 JJ 修一张破沙发。

多 吉 好了，现在这个屋里多了一个小沙发了。

J J 哇，谢谢你多吉。来坐一下。

多吉发现 JJ 的门梁是歪的。

多 吉 你这个梁是歪的。

J J 没关系。

多 吉 门关不起来啊。

J J 我又没东西可以偷。

多 吉 总是不好。我帮你修一下。

多吉帮 JJ 修门。

扎西上。

J J 欸扎西。

扎 西 欸 JJ。哥，山上怪怪的。

多 吉 怎么了？

扎 西 鹿群说……

J J 说什么？

扎 西 不说了，怕你觉得我奇怪。

J J 不会啊。

扎　西　都往南去了。鸟突然飞走了，大家可能要注意一下。那我先忙去了。

J　J　你忙什么？

扎　西　村子外面几只野狗想跟我谈些事情。

J　J　野狗想跟你谈什么事情？

扎　西　还不是抢地盘的事？他们要我主持公道。阿黄尿了老黑的树，就这些，没完没了，啊不说了不说了……

扎西下。

J　J　那拜拜，扎西。

门已经修好了。

多　吉　（指大门）你看，这样不是就修好了吗？

J　J　多吉，谢谢你，多吉。那要不要进来再喝杯茶？

多　吉　没事，下次吧。

1.15　美玲

面店里，休息时刻，扎西和雪莲坐着谈事情。时间接近黄昏，扎西很严肃。

新餐馆的老板美玲在门外徘徊，看他们。

扎　西　首先，他们表示谢谢你每天晚上给他们剩下的肉，但是他们一定要请你表态，这肉到底是给谁的？

雪　莲　不是，扎西，这不是给谁的，这是剩下来扔掉的嘛。

扎　西　不是，雪莲，你说一句话我就好做事嘛，因为现在更远山边的那些狗也想过来吃，而且态度不是很好，这边的就更强硬，我担心……

停顿。雪莲想笑，但忍着。她想一想。

雪　莲　那好，跟他们说这些肉是给他们所有的，不可以他一家独占。

扎　西　我明白了，就等你这句话，谢谢，雪莲，我替村边野狗群向您致谢！谢谢！那我走了！

雪　莲　不吃碗面？

扎　西　不行，我这会儿还要忙着去联络！他们家族之间的斗争很麻烦的。

扎西下。雪莲看着他下的方向，摇摇头，笑一笑。她坐下。

美玲上。

美　玲　（对自己，但声音足够大）什么跟什么？

雪　莲　什么？

美　玲　哦你是雪莲吧？我叫美玲。

雪　莲　你好。

美　玲　小面馆挺可爱。

雪　莲　有什么事吗？

美　玲　有。我想跟你商量，因为阿福在歌唱方面真是太有才华了。

雪　莲　这不用你跟我说。要商量什么？

美　玲　你有没有想过，他需要离开这里才能够找到自己真正的路？

雪　莲　我不知道这跟你有什么关系。

美　玲　相信我，这一行我懂。阿福的创作已经更上层楼，到达新的境界。下周在成都有个歌唱比赛，我有关系可以让他进。像阿福这样的才华可稀罕了，我能帮他。

雪　莲　不好意思，这位……

美　玲　美玲。

雪　莲　美玲小姐，你可能不明白，阿福的心在这高原上，在这大山里。他的歌声是大山给的，也是他献给这里的天、地、人的。下了山，到了城里，他会迷路的。想成名的梦想会使他变得平庸。

美　玲　你难道不知道你丈夫需要的是什么吗？你感觉不到他像只

困兽一样，被囚在这吗？我虽然不是他的妻子，但是我觉得……

雪　莲　没错，你不是，所以这里没有你说话的份。请你现在离开好吗？

停顿。

美　玲　我算是尊重你才来跟你说。那我就直说吧，我和阿福有我们的计划，你最好帮我。帮我就能帮他，这样对大家最好。

如意上。停顿。

如　意　妈，车开走了，我没赶上。

雪　莲　你没赶上？

如　意　嗯……

雪　莲　不可能！

如　意　就是没赶上。

雪　莲　我特意让你提前一小时出门！你是故意的！

如　意　不是，我……没赶上。

雪　莲　你又不是不知道，下一班要等明天！

如　意　就差一天而已！

雪　莲　不行！我现在马上打车！让你打车下山也得去！

如　意　妈！那要多少钱！

雪　莲　多少钱也要送你去！

如　意　不行啦！求你啦，妈，我就是想跟你和爸一起，参加婚礼。

求你啦。

雪　莲　我们辛辛苦苦供你上学，如意，为的是什么？不就是想让你以后不要那么傻那么蠢，什么都不知道，什么都搞不清楚！被人欺负！被人瞧不起！

如　意　妈，对不起，我明天一定早早去……

停顿。二人相拥。

美　玲　那你们慢慢聊，我就先告辞了。我还要忙着给婚礼办酒席呢。

美玲下。

1.16　婚礼

司　仪　（拿着话筒）扎西德勒！

欢庆的音乐。婚礼现场，村民们聚在一起，翩翩起舞，舞台上围绕观众的所有区域都变成了他们欢庆的场所。舞者们领着新郎、新娘穿过观众，一路跳上舞台。

村民们　（边跳）扎西德勒!!

司　仪　爱比雪山高！

爱比祥云远大！

爱是永远的！

村民们　爱是永远的！

司　仪　让我们由衷地传达对这对新人的祝福！愿他们过上最幸福美满的生活！让他们永浴爱河！直到永远！

村民们　直到永远！直到永远！

司　仪　新郎新娘互相敬酒！

村民们　好！

司　仪　对歌开始！

新郎、新娘、伴郎、伴娘分列两边。新郎、新娘各自的媒人开始大声赞颂，每一句都试图盖过对方。

新娘媒人（多吉）　天穹之下，娇娘生……

新郎媒人（雪莲）　湖墅之中，佳郎生……

多　吉　娇娘玉体，六重瑞象……

雷　莲　佳郎将生，八方吉兆……

多　吉　天降甘霖，普天同庆……

雷　莲　奇花盛放，雷鸣颂赞……

司　仪　愿大家沐浴在新人的祝福中！新郎新娘，交杯酒！

新郎、新娘喝交杯酒。众人欢呼。

村民们　喝！喝！

司　仪　我们一起举杯！

村民们　扎西德勒！

所有人举杯畅饮，欢呼雀跃，雪莲和如意母女俩也玩得很开心。村民拿酒给如意。

村民三　如意来，喝一杯。

如　意　妈……我可以吗？

雪　莲　去吧，宝贝儿。

如　意　谢谢妈！我好开心！我怎么这么开心？!

村民倒酒给如意。如意和其他村民喝酒，然后拥抱母亲。

村民们把自己的哈达献给新郎、新娘，然后继续饮酒作乐。

司仪、媒人领着新郎、新娘去跟每个村民喝酒。大强和森吉也在人群中，大强在和森吉说话。

大　强　森吉，这是一场婚礼。你看到了没？婚礼。美不美？

森吉没什么反应，大强眼眶湿润。

你知道吗，森吉，每次一到婚礼，我情绪就控制不了。就是那种——命运的召唤，你明白吗？两个人，突然就被推到彼此面前，手牵手，直到永远……

雪莲看到这一人一狗，走上前和大强说话。

雪　莲　大强，你吃面了没？

大　强　待会儿，现在好撑，那家川菜太好吃了。赶快去拿，我看快要被扫光了。

雪　莲　我没兴趣。

大　强　呃雪莲，我知道这不关我事，不过我刚瞧见阿福盯着那个川菜馆女老板看呢，她也盯着阿福看。嗐，我这是在说什么呢？!（对森吉）森吉，你说我是不是喝多啦？

雪　莲　是！大强，你喝多了！你老婆呢？

大　强　她有些心事。

雪　莲　你干吗带这只狗？

大　强　哦我来介绍一下。森吉，这是雪莲。雪莲，这是森吉。雪莲是我们村子的灵魂人物！

扎西上。

扎　西　扎西德勒！大家好。

多　吉　我弟弟来了。

村民一　滚开！这里不让你进！

村民二　他浑身一股味儿。

大　强　谁不是浑身一股味儿?! 都喝多了!

雪　莲　让他进来! 这里是婚礼。

村民三　新郎不是我，新娘来说说!!……

村民三拉走新娘，众人打闹，跟着跑。

扎西看到森吉。

扎　西　（对森吉）扎西德勒，你好吗?

大　强　喂，跟她说话前要先跟我打招呼，懂不懂? 这是我的狗。

扎　西　你这什么态度? 你以为这世界上谁“拥有”谁?

大　强　她是我花钱买来的!

大强妻子小青上，面无表情。

雪　莲　哦小青! 这边!

小青二话不说，突然在雪莲怀里大哭起来。

小　青　（哭）哇——

扎西直接和森吉对话。

扎　西　森吉——是你的真名吗?

森吉不说话。

（对大强）她看起来有点不对劲。（对森吉）喂，看着我! 喂! 森吉! 你是不是被人下药了? （对大强）你从哪儿买来的狗?

大　强　从汪先生和汪太太那里。

扎　西　呃他们! 鸟儿们跟我说了很多他们的事，那些黑心狗贩子都这么干。

村民笑。

小　青　怎么干？

扎　西　如果一只狗身体不行了，他们就给狗打几针猛药，狗就会活蹦乱跳、满地打滚然后过两天……“扑通”。

小　青　“扑通”？

扎　西　死了。

大　强　我的森吉？

扎　西　我不敢说，你去问问汪先生和汪太太吧。对不起，鸟飞了，我要忙去。

扎西下。

小　青　还不快走 ?!

大　强　啊？

大强、小青和森吉下。

新娘追打村民三，回到北边。

村民三　哎呀好舒服好舒服。

司　仪　各位，我们刚刚得知，今晚和我们一同庆祝的有一位年轻姑娘，她是歌舞团的最新歌唱家！

村民们　好欸 !!

司　仪　祝贺舒天琴！听说你有一副来自高山的好嗓子，今晚能否让我们抢先听一下你的歌喉？

村民们把天琴和彩云推到前面。天琴有点难为情。

天　琴　不，不行……

彩云鼓励她。

彩　云　干吗害羞！上啊！

天　琴　不行，除非彩云你和我一起。

彩　云　我哪行？我都没选上！他们要听的是你！

天　琴　拜托，彩云，和我一起唱嘛。

司　仪　看来天琴还有一位搭档哟！那就让我们欢迎这两位姑娘！看看她们俩，多么像夏日在高山上盛开的两朵花！

人群鼓掌，天琴和彩云登上舞台。

村民们　唱！来一个！来一个！……

天　琴　那唱不好，还请大家多多包涵。

天琴开始唱，一首淳朴的民歌。

天琴、彩云　（唱）春天山谷一片翠绿，

夏天万花四处竞放，

秋天花儿谢、草原黄，

冬天大地一片白。

万花的记忆早已埋没，

但山谷和天空记得一切……

人群仔细听，然后鼓掌。

村民一　太美了！

村民二 我醉了！

雪　莲 你本来就醉了！

村民二 都醉了！

村民们 再来一个！

大家开心、欢乐。

1.17 讲求信用

大强、小青和森吉回到狗场。小青猛敲门，三次。

大　强　欸老婆，我们不能无缘无故就把狗退了。

小　青　这只狗本来就是你无缘无故买的，当然可以无缘无故退了！

大　强　不是，人家谈生意多爽快，还没拿到牦牛就已经把森吉给我们了！他们是讲求信用的！不要来打扰人家嘛。

他们走进屋里，空空如也。

小　青　信用？

大　强　（对森吉）森吉，怎么了？快告诉我！欸以前这儿不是有个沙发吗？后面不是养很多狗吗？狗呢？汪先生呢？这不是还有杯茶？

小　青　你问森吉，森吉懂个屁！大强！下次让我看见你，你最好吊死在树上！

小青暴跳如雷，冲下。

大　强　等等！有可能人家就出门去……（声音渐弱）看看刚到手的牦牛，马上就回来……森吉……你……觉得呢？

1.18 次仁

野外，头狼次仁的巢穴。狼群正在收拾东西，准备离开。

次仁狼 动作快，重要东西别忘了，咱们要尽快出发。

扎西上。

扎　西 扎西德勒，怎么回事，次仁？你们这是在干吗？

次仁狼 我们在赶时间。想喝点什么吗？

扎　西 来杯啤酒吧。

次仁狼 自己拿。

扎西自己找酒喝。

狼　二 扎西，要出大事了。

狼　三 昨晚，七只鹿跳进山谷自杀了。

扎　西 她们为什么呢？

狼　二 你到河边看了吗？鳟鱼都死光了。

扎　西 不会吧！昨天他们还好好的！

狼　三 老鼠、蚂蚁都上路了，连城里的狗都感到焦躁不安。

次仁狼 今晚是不是有一个婚礼？

扎　西 我就从那边过来的。

次仁狼 那你赶快回去，警告镇子上的人，他们必须赶快离开。

扎　西 他们不会听我的，他们嫌我臭。

狼　二　我们比你还臭。

狼　三　你觉得他们会听我们的吗？

扎　西　假如你们都跑进村子，说不定能把人们吓跑。

狼　二　他们会把我们杀了。

狼　三　他们有枪。

次仁狼　你等我。等狼群上路，我会过来看看。

扎　西　次仁，我不懂，你干吗这么关心人类？他们拿你们当猎物，毁了你们的栖息地。

次仁狼　有些事情你不理解。和谐是宇宙的至高准则，如果没有和谐，宇宙就会创造出混乱，从混乱再恢复和谐。

扎　西　所以呢？

狼　二　让他们去死吧！老大，快，咱们走吧！

次仁狼　快去警告人们，我尽快来。

扎　西　我明白。保重，次仁。

扎西和次仁拥抱，分别。

1.19 阿福的新歌

婚礼，人们在玩喝酒游戏。时间和偶然开始环绕观众行走。

J　J 这个游戏怎么玩？

司　仪 糖果放进酸奶里，新郎要用嘴把糖果吸出来，但脸上不能沾到酸奶。

村民一 他不行！

多　吉 试试看！

新郎尝试，失败。大家都乐坏了。

村民们 他输了！ 罚酒！

司仪拿起话筒。

司　仪 多么欢乐的一场婚礼！

村民三 才刚刚开始哪!!

司　仪 对，才刚刚开始!!我们村里最著名的歌手阿福跟我说他有一首动听的新歌刚刚出炉，现在我们来热烈欢迎——

多　吉 阿福！阿福！……

村民们 阿福！阿福！阿福！……

掌声。微醉的阿福抱着吉他登上舞台。

阿　福 我想借这个机会唱一首新歌，和我之前的风格很不一样，在这一首新歌里，我想分享一些我这段时间的感受。

多　吉　阿福——！

村民们　阿福！阿福！阿福！……

乐手给阿福搬椅子，阿福在吉他上猛烈地弹奏。他开始演唱，一种狂放的蓝调风格。阿福几乎在喊叫，吉他的弦几乎要被他的猛力弹断。

阿　福　（唱）什么叫永恒？这世界上——没有——！

一切都会过去！一切都会消逝——！

能开心就开心！

不开心就走人！

这会儿已经喝得半醉的听众脸上写满疑惑，但美玲在人群中听得完全入迷了。雪莲用怀疑的目光瞪着台上的阿福。

什么叫誓言？这世界上——没有——！

曾经绑在一起的也可解开！

没有永恒！没有誓言！只有现在！

能开心就开心！

不开心就走人！

阿福唱完，沉默。

众人哗然，只有零星的几声掌声。美玲陶醉，鼓掌。

村民三　再……再来一个？

多　吉　阿福，你是怎么了？

雪莲上台，想要把阿福领下来。

雪　莲　（对观众）真抱歉，他喝多了。

阿　福　这就是我的新歌。你不喜欢我的新风格吗，雪莲？

雪　莲　（对阿福）你疯了吗？阿福！这是个婚礼！

阿　福　大家看见没？她从来就不支持我的创作。

雪　莲　这人家婚礼，你唱什么乱七八糟的！走！我带你回家！

阿　福　（突然很固执）你这婆娘！你到一边去！

众愣。

雪　莲　你醉得脑子都糊涂了。

阿　福　我从没这么清醒过！世间没有什么叫永恒！没有什么叫誓言！没有！美玲！我们走吧！离开这破村子！

阿福拉着美玲，下。众愣。

雪　莲　（暴怒）你要走是吧？那就走啊！走了你就永远别回来——!!

台下的观众不知该做何反应，如意哭了。

如　意　妈……

雪　莲　（向大家鞠躬）对不起，大家……

司　仪　（想打圆场）没有，雪莲，那其实是一首很……让人触动的歌。不是不是……来！大家接着喝，都喝得差不多了……那咱们就继续吃吧，啊已经吃光了……面还有？

扎西上台，抢过麦克风。

扎　西　（大喊）大家听我说!!大家必须现在离开！所有动物都已经走了!!我们也必逃命!!所有人都要走!!现在就走!!

多　吉　扎西，发生了什么事？

司　仪　扎西，你说什么？这是一场婚礼，你得说吉利的话！

扎　西　我也想说吉利的话，但现在我能说的最吉利的话就是：赶快逃命!!

众人大笑。

村民一　（醉）他喝醉了！

扎　西　你们才全喝醉了！你们都睡着了！只有我醒着！赶快！逃命啊！如果你现在跑，跑到很远的地方，你还有可能在春天醒来！不然你就永远醒不了了！

多　吉　扎西……

扎　西　哥，赶快跑，越远越好！

村民们抢过麦克风，把扎西推到一边。头狼次仁上。

村民一　滚！

司　仪　滚出去！

扎　西　不！求求你们！看啊！次仁来了!!谢谢你，次仁，你是守信用的！

次仁狼　扎西，我们一起把他们赶走！

村民一　次仁？谁……（大喊）哇啊啊！有狼！

村民二　有狼！

村民三　狼！快！用枪打死它！打死它！

村民们都吓呆了，四处乱逃。

扎　西　你看，次仁，这些人不值得，你来这儿干吗？

次仁狼　什么值得，什么不值得，不是由我们来决定的。（对村民）快走！快！不要回家！离开这里！现在！逃命！

村民三　狼！

村民二　有狼！

1.20　选边

小旅馆里，彩云和天琴在自己的私人房间。

彩　云　哇……怎么这么刺激？一只真的狼欸！

天　琴　好过瘾！后来新郎、新娘怎么样了？

彩　云　他们回新房了。

天　琴　今晚大概就这样了吧。

彩　云　明天还要继续呢。

天　琴　明天我们就回家了。

彩　云　然后你就可以开始计划搬过来了！天琴，我真为你自豪。

天　琴　没有你的话我不会搬过来。

彩　云　好啦，不说了。今天一天实在好多事。咱们睡吧。

天　琴　早上再说。我睡这边。

彩　云　好。

天　琴　其实我更想睡这边，好上厕所。

彩　云　无所谓，你直接从我身上爬过去就行。

天　琴　不好，换一下啦。

彩　云　好吧。

两人换睡觉位置。

晚安。

1.21 大难临头

深夜的街道。扎西在街上游荡，垂头丧气，头狼次仁跟在他身后。村里的狗狂吠不止，多吉在后面追。

扎　西　（大喊）听我说！你们一定要听我说!! 所有动物都上路了!! 鸟都飞走了！我们也必须走!!

次仁狼　所有人类!! 现在必须走!!

多　吉　各位！听扎西的！

村民一　（大喊）你们才必须走！回家去吧！

村民二　（从屋里大喊）让不让人睡觉啊 ?!!

多　吉　听扎西的！动物告诉他，现在危险！

村民二　（从屋里大喊）我老婆也跟我说再不睡觉就危险!!

扎　西　（大喊）求求你们！听我说!! 已经有七只鹿跳进深谷自杀了！

次仁狼　你们听不见狗叫吗？我们一定要一起逃命！……

多　吉　逃命啊！

村民一　（大喊）窝囊废!! 神经病！滚!!

村民二　两兄弟都一样！我要开枪了！

村民一　（大喊）打死那只狼！

次仁狼　求你们了！你们必须走！啊——!!

一枪打中次仁。

扎　西　不！次仁！你们——你们打中了次仁。次仁……我扶着你……

多　吉　次仁……

村民一　神经病！护着野狼！我们是救你们一命啊！

扎　西　次仁……!! 次仁……!!

扎西、多吉抱着奄奄一息的次仁。
一阵战栗，地震袭来。

多　吉　扎西……怎么了？

扎　西　来了!!

多　吉　什么？

扎　西　来了!!

混乱降临了。叫喊声以及各种杂乱声光。村民们叫喊着，涌向街头，在环绕舞台上乱跑、大叫。
一片混乱，叫喊声与各种杂声达到顶点。
声音和光逐渐退去，叫喊奔跑的村民渐渐散去，留下时间和偶然仍在绕场。
静默。

村民们　地震！快逃！地震！快逃！……救命!!

1.22 劫后余生

广场上呈现地震之后的惨状。在JJ说话的同时，搜救人员在瓦砾碎石堆中寻找，医护人员照料伤者。

J　J 现在是九月末。地震发生的第二天，天上飞下大雪，让大地铺上一层白。村子已经全毁了。我不知道为什么，我活了下来。我的小屋像火柴盒一样塌了，但我躲在多吉帮我修好的大门门梁下，活下来了。那对新郎和新娘就没有这么幸运，他们的新房成了一片废墟，两人被活埋在里面。面店整个垮了，雪莲还活着，而她那天本来应该去城里上学的女儿如意，地震时把她推出房外，自己来不及逃跑，死在崩塌的房顶下面。雪莲的丈夫阿福和他的情人美玲提早跑了，下山了，逃过一劫，剩下雪莲一个人一无所有。

雪莲像僵尸一样在街上蹒跚缓行。

雪　莲 如意……我的如意……阿福……我的阿福……

J　J 小旅馆里，大房梁直接倒塌在彩云的好朋友天琴身上，就是那位有一副天籁嗓音的女孩。她当场死亡，而彩云离她只有一寸的距离，活了下来。

彩云像僵尸一样在街上蹒跚缓行。

彩　云 （轻轻地，对自己）为什么？为什么？（大喊）为什么——??!!

J　J　大强的妻子也在地震中丧生，那只叫森吉的狗因为被下药，晕过去了，然后在地震中被埋没。大强活了下来。

大强像僵尸一样在街上蹒跚缓行。

大　强　森吉……小青……森吉……

之前那三个拿着转经筒的女人，只有一个活了下来。她一边环绕行走，一边祈祷。救难队立起一根杆子，从四方挂上祈福的旗子。多吉在一旁轻声唱着。

多　吉　（唱）如梦幻泡影，如露亦如电，应作如是观……

J　J　扎西还活着，在野外，一边照料受伤的动物，一边从他们那里收集信息。多吉也活着，奋勇的他带领着生还者开展搜救工作。

扎西环绕观众行走，多吉带领人们开展搜救工作。
从城里来的记者开始现场报道。

记者一　记者在灾难现场报道。现在离地震发生已经五天了，搜救人员正在奋力搜索，试图发现还有奇迹生还的人……

J　J　因为村子太偏远，路又中断，搜救队伍和记者们花了整整五天才到。那时，能做的差不多都已经做了。遇难者的遗体被整齐有序地安放在一片空地上。村民搭起帐篷，让大家至少有个地方能度过寒夜……

多　吉　快！这边!!大家来！挖！挖!!……

记者二示意摄像师跟随自己。多吉和搜救人员正在废墟中挖掘。

记者二 等一下！会不会是一位幸存者呢？让我们拭目以待！说不定……

多　吉 索朗大叔！是索朗大叔！大家！赶快帮忙！索朗大叔……索朗大叔……

在瓦砾下，多吉看到一个身影。搜救队努力，但尸体没有生命。搜救人员放弃了。

记者二 等等……先别放弃……摄像！这边！我们需要一个幸存者。

多　吉 没有幸存者了。

记者二 我们需要一个幸存者！

多吉走开了。
时间、偶然、十方环绕观众行走。十方面带愁容，看上去十分不安。记者二看到十方，示意摄像师开始拍摄。

十　方 （对空气）别对他那么说！你会后悔的，那会是你对他说的最后一句话！哦！求求你……别睡那间屋子！那间屋子会让你……哦不!!

记者二 这边，这边，这位女士……（对镜头）我们刚刚找到一位幸存者，她看上去似乎刚从瓦砾堆中爬出来。（对十方）这位女士……这位女士……能不能告诉我们你是怎么活下来的？

十　方 （对空气）走开……快走开……那边，那边……

记者闪到一旁，十分困惑。

对！这样你就安全了。

记者二 （对镜头）大家可以看到，她似乎受到了很大的刺激。这位女士，请对我们的观众说说你经历了什么。

十　方 我们都经历了太多……太多……！

1.23 树

雪莲已经彻底丧失了活下去的动力。她拿着一根绳子，走到村子边立风马旗的树下，准备上吊。她系好绳子。

雪　莲　阿福……如意，我的如意……都是我的错。都怪我……阿福，这是我们常来的地方，看星星的地方。

她试着上吊，但绳子太高，够不着。她踩在一堆瓦砾上。

这样不行……这里。（走到另一个位置）这里可以……只要再踩高一步，再高一点……

一个女婴微弱的哭声从雪莲脚下传来。

女　婴　（虚弱地）哇——哇——

雪　莲　什么？什么？什么声音？有人？……

雪莲在废墟中挖出一个孩子。

一个娃？你还活着？你还活着！（大喊）她还活着！来人啊！来帮我！她还活着!!……

雪莲把小女孩抱在怀里，跑下。

1.24 我们不可以侮辱生命

崩塌的面店外，大强准备在店里仅存的房梁上吊死自己。

大 强 （对自己）森吉……小青……都没有了……来……这里好……这里好。

他试着把绳子甩过房梁，但没成功。再试一次，还是没成功。就当他终于准备上吊的时候，雪莲抱着婴儿回到店里。

雪 莲 宝宝，我们到家了，虽然家里……干什么？大强？你在干什么 ?! 你做梦 !! 你休想在我店里上吊 !!

雪莲放下小女孩，扑向大强，大强摔在地上。雪莲暴跳如雷，对着大强歇斯底里地一通猛揍。

我不许你这样！我不许你死！不许你侮辱生命！你不可以侮辱生命！你……你混账 !! 你个浑蛋 !! 你废物！你……

大 强 雪莲，欸！救命啊，救命啊！轻一点轻一点 !!

大强跑走，废墟中只剩雪莲和婴儿。

雪 莲 （对小女孩）没事哦，小宝宝，一切都会好的……我们不可以侮辱生命……我们不可以侮辱生命……

乐手演奏，一首平静的曲子。

第一乐章结束。

- 第二乐章 -　纽约：时间、空间、偶然

2.1 曼哈顿街道

乐手用电吉他演奏。大都会的混乱节奏。演员们从四方上场，顺时针方向环绕行走，速度比之前快，营造出纽约街头躁动、匆忙的生活节奏。

随着音乐的变奏，有些人试图朝反方向走，但马上被冷漠无情的其他行人堵了回来，只好回到原来方向，继续环绕。

JJ 走出人群，开始说话。

J J 地震之后，一切都不一样了。我回到学校，像梦游一样混到了大学文凭，然后去美国继续念历史。我没念完。在纽约，我又谈了一场轰轰烈烈的恋爱，和他一起开了一家小旅行社。然后他不爱我了，我的生活又变得像一片废墟，于是我也把旅行社的名字改成了“废墟之旅”。顾名思义，就是遗址旅游，带客人去世界上各种一度辉煌，但最终崩败的废墟，就像是我心中废墟的对照。从世界废墟遗址中或许我们能看到，和人类灿烂成就有着相同高度的，是人类的愚行。

地震过后的十年里，我山上幸存的朋友们也都纷纷来到了纽约，有些是通过合法途径，有些是偷渡。雪莲因为一个亲戚关系办成功了，随后带着她的女儿过来，也就是她从瓦砾堆里救出的小女孩，她给她同样取名叫“如意”。她在曼哈顿的下东区开起一家面店。虽然材料不同，没有牦牛肉，没有青稞，但那牛肉面，那雪莲做出的每一碗完美的面，还是那么好吃。

到纽约来的还有那一对有特异功能的兄弟，多吉和扎西，后来还有大强和彩云。为什么都不约而同地移居纽约呢？我也不知道。在纽约，生活一点也不简单，但也许在这里，在人们辛苦的眼中，能看到跟我们同样的伤痕，不认命，和支撑我们走下去的那股不知从哪里来的、莫名其妙的、属于一种不服的勇气吧……

绕行的演员们全下。

2.2 限期

纽约下东区的面店里，雪莲在拜土地，然后扯面。顾客一、二在吃面。店里的陈设布置与之前山村里的完全一样。炉子背后的墙上挂着几件物什：一幅挂历、几张小山村的旧日照片，其中包括阿福和雪莲死去的女儿如意的照片。

顾客一 （尝一口）欸雪莲，你的面太好吃！可以把秘诀告诉我吗？

雪　莲 不可能，这里有太多特殊的材料。

顾客二 像什么？

雪　莲 就是我扯面的时候，我眼前总能看到我母亲扯面的样子……然后我就看到眼前的广场，刺眼的阳光照在远方的雪山上……村民在跳舞……唱歌……快乐……

雪莲停顿。

顾客一 原来她的特殊材料叫作“乡愁”。

雪莲跟顾客一起笑。

顾客二 欸雪莲，我们邻居家狗不见了，听说有人在翠贝卡看到了，你能帮我找找吗？

雪　莲 你把它的名字、照片贴在墙上，我帮你去问。

顾客二 谢了，雪莲。

顾客一 问谁？

顾客二　她有她的办法。

如意二上，面无表情。

雪　莲　如意，回来了？学校怎么样？

如意二　不怎么样。

雪　莲　怎么了？

如意二　不怎么。

雪　莲　去把东西放下，洗个手，过来帮忙。

如意二不吭声，从面店里下。

还有，别给我耍脾气。

顾客一　（边付钱）她是个好孩子。

雪　莲　我知道，我的命是她给的。

房东上，顾客一、二下。

哦，李太太您好。吃面？

房　东　（严厉地）你知道我是来干什么的。

雪　莲　真的很感谢您又多给了两星期，但我这次可能还需要一点时间。拜托您，再两星期我就能周转过来了。

房　东　再多两星期也没用。你看，根本就没生意。

如意二上，看到母亲和房东在对峙。

雪　莲　如意，去帮我剁点蒜。

如意二　是，妈妈。

如意二开始在一旁剁蒜。

房　东　我约了个人来看房。如果周一早上你还交不出房租，我就得让你走人了。

雪　莲　真的，再两周。

房　东　不是，雪莲，不是我说，以你这样的收入，你为什么非要让你女儿读那么贵的学校？

雪　莲　哦，你的意思是如意上学的学费应该交给你就对了，是不是？

房　东　啊？

雪　莲　你管我女儿上什么学校？!

房　东　我……？

新租户上。

新租户　是李太太？

房　东　哎呀您好您好。

新租户　原来这是一家面店？我以为这个店面是空的。

房　东　下礼拜就空了。

新租户　哦……那就好。不过厨房怎么会在前面？

房　东　你们是做……？

新租户　土耳其咖啡。就是让大家慢下来，好好聊聊天……

房　东　我们先谈一下吧，请坐请坐。

2.3 毁坏与做旧

JJ继续说话。过程中，彩云绕场，穿着传统牧民装。

J J 牧民姑娘彩云地震后在山上待了几年，除了在家帮自己父母，彩云也会每天帮死去的天琴的老父亲做饭、打扫。过了几年，天琴的父亲也走了。

彩云脱下牧民装，里面是一套工人服。她梳梳头发，环绕到服装厂的位置。

彩云于是有一天做了一个决定，像九十年代几百万中国乡村女性一样，她跋山涉水来到东南沿海，在一家服装厂里工作，缝制印着“Texwood”或“Levi's”牌子的牛仔裤，准备运到美国。

中国南部的一家服装厂里，彩云和一名同事在作业台上对牛仔裤进行撕破做旧工作。

彩 云 好好的裤子这样不就毁啦？

同 事 别问，干活。

彩 云 为什么会有人想穿有破洞的衣服呢？只有乞丐才会穿有破洞的衣服呀。

一名流水线监工在两人身后徘徊，监督她们的效率。

监 工 美国人觉得自己太有钱，不好意思穿没有破洞的牛仔裤，可以吗？好啦，动作快一点。午饭前，你们每人必须毁掉三百条牛仔裤。说错了，正确的说法是“做旧”。

彩　云　可是为什么新衣服要做成旧的呢？

大强上，拿着一个袋子。他穿着城里的衣服，有些浮夸。

大　强　你应该去亲身体验一下。

停顿。

彩　云　大强？

大　强　强大如旧！

彩　云　你到这里来干吗？我以为你还在老家那边呢。

大　强　（把袋子递给彩云）这是你妈妈托我大老远给你带的。

彩　云　（打开袋子）牦牛肉干？

监工在身后徘徊。

（对监工）呃，这位是我老乡。

监　工　山上来的？

彩　云　同一个村子。他在我们那儿可有名了，因为他买了一条狗。

同　事　哦，他就是“买狗哥”？幸会幸会。

大　强　喂，那是天灾好吧？要不是地震，森吉到现在肯定起码生了一百胎狗崽子了。

同　事　（讽刺地）那可不？

大　强　每只就算卖七百万，你自己算算看，你们在这儿拿多少？一小时两块钱？

监　工　要是继续和你聊天，她们两块都拿不到。

彩云把牦牛肉干递给监工。

那你提前休息吧，可是记住……

彩　云　午饭之前毁掉三百条牛仔裤。

监　工　“做旧”。

彩云和大强到一旁讲话。

J　J　九十年代中国沿海地区蓬勃发展，大强没有缺席，并且凭他敏锐的商业本能，他认识了各式各样不靠谱的人。他做的事呢，说好听一点叫“运输业”，实际上就是拐卖人口。

大　强　你听我说，彩云，我这儿有个特好的机会给你。

彩　云　什么样的机会？

大　强　去美国，去亲眼看看你做的这些牛仔裤穿在真人身上！

彩　云　大强，我在这里每个月还能寄三百块钱回家呢。

大　强　在美国你能挣得更多！

彩　云　是啊，当非法移民。

大　强　我保证，绝对合法。到时候把你安排在一家餐厅或者洗衣店上班，等你把钱还清，想干吗干吗！

彩　云　要还多少钱？

大　强　就是去美国的路费，加上一个服务费。一般来说一年就还清了。我哥们儿那边每周都有船。你就等我电话，然后出发就行！等你到了那边，一切都给你安排好。

彩　云　美国……？

监工上。

监　工　好了，彩云，赶快去毁……我是说去做。

彩云回到作业台。

大　强　听明白了没？你用不着干这个。等我电话。

JJ 说话。

J　J　彩云接受了大强的提议，在一天晚上登上了一艘渔船，绕了半个地球，最后到达美国新泽西州海岸，被蛇头接走。到了那时她才明白，自己被卖给了皇后区一家肮脏的按摩院，给顾客们提供的服务远远超过按摩。

2.4　净土与楞西亚星

人潮汹涌的时代广场，多吉在吟唱净土的故事，他身旁还有其他街头艺人和预言家。乐手用的是电吉他。
吉他手演奏。JJ 对观众说话。

J　J　在地震救难队伍中，最英勇的就是多吉。国际救难队来到山村后，队长特别欣赏他，给他和扎西兄弟俩办了特别签证到美国。于是多吉把他眼中的净土从山上带到了热闹的纽约时代广场上。他跟我说，他不由自主地被吸引到这个龙蛇杂处的地方，吟唱净土的歌，因为那是最"不净"的地方。不是因为广场上的毒品、犯罪和卖淫活动，而更重要的是因为这个地方把所有梦想和欲望都放大到了无穷无尽的地步。

艾玛，一位哥伦比亚大学的教授，仔细倾听多吉的吟唱。一位叫"先知"的外星飞碟狂热者在广场上散发传单。他手上握着一个小雪球，不时看看天，感受小雪球是否与外星球有感应。JJ 上，她拿着一个纸袋，旁观。

多　吉　（唱）看似瀑布，其实是楼梯；
看似墙壁，其实是大门；
通往净土——

进去之后……

多吉痛苦挣扎，围观的路人纷纷议论。

艾　玛　他怎么了？

路人一　等一下他的意识流又会恢复流动。

先　知　进去之后他搞不清楚！当机了！女士们先生们，不能浪费时间听他扯，必须听我的！世界马上要毁灭了！是的！一切即将消失！死亡！不过别担心，因为楞西亚星人会来救我们！（发出一张传单）来！叫我先知，请参考一下资料……

路人一　来了，来了！

多吉突然唱起来，围观的人看了过瘾。

多　吉　（唱）没有病痛——

没有苦难——

没有烦恼——

先　知　你没有烦恼，我们烦恼可大了！幸好2012年正巧是楞西亚星运行到离地球最近的位置，宅心仁厚的楞西亚星人到时就会派接驳船把我们带到楞西亚星，让我们都得救了！

先知对多吉使眼色。

J　J　走吧，多吉，远离楞西亚星。不要每天挨在他旁边。

多　吉　我没有挨在他旁边，JJ，是他一定要凑过来，不然他哪来的观众？

J　J　我从唐人街给你带了个菠萝包。

先　知　在楞西亚星上，不需要什么菠萝包，甚至不需要食物！我们的身体会直接吸收楞西亚星大气中的养料！来来来，世界末日就快到了……

JJ、多吉下，先知继续发传单。行人经过，面色冷漠。

2.5 哈利和琳达

纽约中央车站的一个角落,班次广播在背景音中。扎西坐在垃圾桶旁,大口吃他从垃圾里翻出来的半根热狗。他身上的衣服破破烂烂,像个街头流浪汉。JJ 继续对观众说话。

J J 在瑰丽的中央车站的某个角落,扎西正在享用晚餐。来到了纽约之后,他仍然能和动物交谈,但他发现纽约的动物们……有一点不一样。

一对下水道老鼠夫妇,哈利和琳达上。他们在吵嘴。

琳 达 亲爱的,不是我爱说,可是咱们真的得快一点。

哈 利 宝贝儿,走路去时间刚刚好。算好了!

哈利看到扎西。

哦扎西你好。

琳 达 哎哟我天,扎西你在吃什么呀?!

扎 西 嗨,琳达。嗨,哈利。

琳 达 好恶心!你怎么能吃这种垃圾?

扎 西 这不是一般垃圾,这是辣德国肠。那桶子里还剩半个,还加好了酸菜,我帮你捞出来。

扎西拿出辣肠给他们。

琳 达 扎西,这可是中央车站!楼下的"生蚝吧"是百年老店,你可以享用直接空运来的法国生蚝。

哈　利　我们都直接在桌上吃，还配香槟。

琳　达　吹牛！上次差点让跑堂的打死！

哈　利　那是你要直接在桌上吃，说什么烛光、浪漫什么的！

琳　达　扎西，你来中央车站是要去旅行吗？

扎　西　没有，我其实在人群中找我妈。

停顿。

哈　利　嗯。

琳　达　亲爱的，咱们得去赶地铁了。

哈　利　跟你说走路三条街就到了。

琳　达　三条长街，你走到了就已经累死了！

扎　西　小心被人踩了！

哈　利　拜托，扎西，我们是老鼠！认了吧！我们时时刻刻都有被踩扁的危险。而且在地铁上其实更危险，因为地铁上的人看到我们尤其会歇斯底里吱哇乱叫。

扎　西　你们要去哪儿？

琳　达　我们要去看《狮子王》。

哈　利　她已经看过三遍了，没关系我陪她，但是琳达坚持要爬两层楼梯下去搭那个很不靠谱的 S 线地铁，这个计划简直是……

琳　达　说出来，你说出来！

哈　利　我不说。

琳　达　话都到嘴边了，你还是大声说出来吧！

哈　利　STUPID！

琳　达　好！你真敢说出来？现在给我道歉！

扎西大笑，然后叹口气。

你什么毛病？没见过老鼠吵架吗？

扎　西　在我的家乡，还真没见过。我以前住在大山里，动物之间的关系更融洽。我记得有一只叫次仁的狼，他为了警告人类逃命，被人打死。

哈　利　你知道在纽约我们管这个叫什么吗？

琳　达　别说出来。

哈　利　话都到嘴边了，我还是大声说出来吧！

琳　达　（摇头）天啊，哈利。

哈　利　STUPID！

琳　达　好了，现在这里的人都被你骂完了，你开心了吧？你到底看不看戏？

哈　利　走。

琳　达　好，去坐地铁。

哈　利　走路。

琳　达　好，你走路，我坐地铁。

哈　利　行。二楼包厢见。

琳　达　左边 4 号包厢。

哈　利　1 号视线比较好。

琳　达　那你去 1 号包厢，我去 4 号包厢。散场见。

哈　利　如果你没有被踩死的话。

哈利和琳达往不同方向下。

扎　西　我也想去啊！

琳　达　我们的通道你进不去的！

扎西继续吃热狗。

2.6 智慧与愚行

印度那烂陀大学遗址，JJ 正带着一群中国游客在遗址游览。游客们跟着 JJ，在印度的烈日下浑身冒汗。

J J ……来，登上这台阶，那烂陀大学遗址尽在眼底。那烂陀建于公元 5 世纪，是世界上最古老的大学，古代世界上所有学者智者都聚集在此，钻研宇宙的真理。1193 年被突厥军队无情摧毁，同时烧毁所有经卷。

游客们目光呆滞，好像觉得没什么了不起。

游客一 帮我们照张相，好吗？

JJ 接过游客的相机，游客们摆造型。

J J 好呀，一、二、三……

JJ 帮游客照相。

游客二 我们在这儿要待一天啊？

J J 是的。我推荐大家在大土丘那边静静地走一走，感受当年多少虔诚的智者，包括玄奘大师，经过千难万险来到这里把珍贵的佛教经卷带回中国。

游客三 玄奘大师住过这儿？

J J 是。你要感受，这就是玄奘大师走过的步道和楼梯。

游客三 那请问当年孙悟空和猪八戒住在哪里？

J　J　啊？

游客二　猪八戒现在不就住你房间吗？

游客们开怀大笑。

游客四　呃……哪边可以购物？

J　J　明大，等到德里，但请务必珍惜今天这个机会，好好看一看这个见证过人类最智慧跟最愚蠢行为的地方。

游客二　最愚蠢的行为就是我们今天来这儿。

游客一　不说了。

游客各自走开。

J　J　好，那……往那边爬上去（指）就到寂天大师传授《入菩萨行论》的讲堂……我情不自禁想起寂天大师在这里给世人的教诲：

"所有世间乐，悉从利他生。

一切世间苦，咸由自利成。"

游客们已经消失不见了。

呃……那好，爬土丘的时候请注意安全，别把废墟给……废了。

2.7 彩云与欣欣

皇后区的按摩院，在小门厅里，老板正在看一份中文报纸。
大强上，还是很浮夸的样子。

大　强　欸 Jacky……

老　板　欸，大强，来干吗？

大　强　我的好姑娘彩云在吗？

老　板　谁？

大　强　忘了她改名字叫“欣欣”。为什么要改？

老　板　客人好叫。她以前那个名字老外都叫不来。

大　强　人呢？

老　板　上钟呢。

大　强　那我等她。

老　板　她其实随时都在上钟呢。欸你得帮我多介绍几个欣欣，她简直是我们的摇钱树，挣得比其他女孩儿多一倍。你们家乡一定很多。

大　强　这窝囊事我不干。

老　板　啊？你说什么？

大　强　你们太缺德了，人家姑娘一下船就给她下药，抬进这儿来，醒来的时候都不知道自己在哪里……

老　板　欸欣欣不是你介绍给我们的吗？

大　强　你知道吗？在中国有无良商人给狗下药，然后卖给客人，（激动）然后狗就死了！……

大强面露悲伤。

老　板　你在说什么？大强，你没事吧？

大　强　没事！我是大强，强大得很！

彩云的顾客从里面出来，一副通体舒畅的样子，准备离开。

顾　客　欣欣太棒了，跟她在一起可以忘掉一切！

老　板　别忘了付钱就好。

顾　客　付过了。你看，我还有积分卡呢，满十次送一次。还差两个洞！我可努力呢。

顾客展示他的积分卡，老板示意慢走不送。顾客下。

大　强　送的那次算店里的吧？

老　板　怎么可能？我们的师傅要奖励她们老客户呀。

大　强　这也太扯了。喂，她还欠多少？

老　板　三年差不多。

大　强　三年之前你就这么说了。我要是知道你们这么糟蹋女人，打死也不会把欣欣送过来。当时你们说过是正当职业。

老　板　对你这种道德标准来说，我们绝对正当。

大　强　你这话什么意思？

彩云上。

彩　云　你来干吗？

大　强　来看你。我说过我会照顾你的。

彩　云　你的照顾已经领教够了。

大　强　（对老板）去散步。

大强向老板示意。老板走到一旁，下。

（真心悔恨）彩云，我实在是太对不起你。

彩　云　别叫那个名字。

大　强　你不是彩云吗？

彩　云　彩云已经死了。

大　强　死的是天琴。你可以忘掉那件事了。

彩　云　天琴是地震里死的，彩云是船上死的。

大　强　彩云，我发誓我不知道会是这样的！你要相信我！我是真心以为那天去工厂看你就能改变你人生，把你带来美国，让你开始一个全新生活。

彩　云　这个新生活更像死亡。

大　强　拜托，我也一直在努力弥补呀。而且我觉得你起“欣欣”这个名字还挺合适的。

彩　云　是。欣欣这个名字什么意思你知道吗？

大　强　不就是唱歌吗？ Sing—Sing—

彩　云　“欣欣”是纽约最有名的监狱的名字。

停顿。

大　强　什么？不说这些，今天来是因为有个好活儿要介绍给你。

彩　云　到下一个客人还有五分钟。我给你一分钟，快。

大　强　就一晚。两千五百美金，现金。没有中间人。

彩　云　这种天方夜谭不用和我说。

大　强　是真的！

彩　云　你以为我晚上想出去就出得去？

大　强　哎呀，你老板我来搞定。这是个上档次的活儿，就一个晚上，客户是个华尔街大律师，高级的。

彩　云　你怎么可能认识高级的、上档次的客人？

大　强　欸你就相信我嘛。

彩　云　就像你老婆当年相信你能照顾好那些牦牛一样。

大　强　你怎么能这么说呢？要不是那场地震，森吉说不定还在我们身边呢。

彩　云　森吉被人下了药，（顿）跟我一样。

停顿。

你说多少钱？

大　强　两千五百块，我一分钱也不拿。你这样多接几次很快就能把债还清。

彩云不语。

你有没有好看一点的衣服？穿这样去可不行……

彩　云　我穿衣服是为了脱衣服。

大　强　好，我去给你弄件好看的。我自己掏钱。

老板上。

老　板　欸欣欣，你 4 点的客人来了。

彩云进到里面。

大　强　欣欣哪天休息？

老　板　休息？她？你在开玩笑吗？

大　强　下周一，我需要你给她放一晚上的假。我给你一百块，第二天一早我就把她送回来。我保证。

大强递给老板一百美元。

老　板　你搞笑啊，哥们儿？随便哪天晚上她都能替我们挣个三四百。

大强又递给老板一百美元。

大　强　这事只有你知我知，别让你老板知道。第二天早上 10 点之前我亲自把她送回来。

2.8 唯一的救赎

时间开始环绕着观众。

多吉和先知在时代广场继续各自的独白，乐手在旁演奏。天气很冷，行人来来往往。JJ 在一侧旁观。艾玛观察。

多 吉 （唱）净土门口，七彩瀑布——

流出甘露——

张口就喝，心思清澈——

多吉停下来，没有灵感。JJ 给多吉戴一个围巾。先知乘机叫嚣，手上小雪球有感应，会振动。

先 知 不对！是他词没背好！听我的！我可溜得很！2012 年 12 月 13 日是这世界存在的最后一天！现在不去做准备的话就来不及了！到了快接近的时候，世界已经大乱了！人群像蚂蚁一样从城市往外撤离，去哪儿？去哪儿？我听到你说了吗？先生，你说对了！到时候楞西亚星是我们唯一的救赎！……

多吉又开始。

多 吉 （唱）净土里面，丰衣足食，

无所需，无所需……

多吉唱完，路人鼓掌。JJ 上，一旁给他喝茶。

先 知 对！楞西亚星上无所需！

J　J　净土！不是你脑子里虚构的那什么星星。

先　知　我虚构？句句都是楞西亚人亲自告诉我的！

J　J　哇！真不错！他们长什么样子？

先　知　嗐！他怎么会给你看到他的样子？

J　J　当然，那他们用什么语言跟你沟通？

先　知　嗐！沟通哪需要语言？

多　吉　净土是这个世界遇到危机时真实可以避难的地方。如果我们有幸此生能发现并打开一个隐藏的净土，人类可以享受五千年的和平。

路人二　哇……（对旁人）走吧，冷死了！

先　知　在楞西亚星上，没有冷热，一切舒适、适中！

行人下，JJ给多吉水。

艾　玛　请问我们怎么去这个地方呢？

多　吉　必须在对的时机，由对的人带领。

艾　玛　你？

多　吉　我？我怎么可能？我只是一个牧民……

先　知　我！我带你去！不过搞清楚，那个地方不叫净土，那个地方叫作楞西亚星！来来，看看我们的传单……这都是有证据的！

先知发传单。

艾　玛　你好，这位……

先　知　叫我先知，因为我就是先知！

艾　玛　好，先知先生，请问你所谓的证据是什么？

先　知　证据是给低等生命的，你需要证明我们这个地球已经要完蛋了吗？这不证自明！睁眼看！这些走来走去的人，看看他们对周围发生的事情是多么麻木无知！（开始激动）海平面在上升，曼哈顿马上就要被淹了，地球马上就要完他妈蛋了，（对来去路人喊）而你们却满脑子想的都还是自己的工资、下午茶，和养老金!! 来来来！……

艾　玛　有趣。（对多吉）你这个所谓的净土怎么去？

多　吉　需要一张地图。取自一个神圣地方，比如一块圣山的石头下面，或者一座寺庙里面。

先　知　（有些轻蔑）一张随机发现的地图 ?! 太好了！寻宝！耶！加勒比海盗寻宝图！复活节找彩蛋！不过没关系，到最后你走投无路的时候，宽心仁厚的楞西亚人还是会接纳你的。

艾玛把名片递给多吉。

艾　玛　这位……

J　J　多吉。

艾　玛　多吉先生，我已经观察你一阵子了。我叫艾玛 · 伍兹，哥伦比亚大学心理系。我正在进行一项关于超能力的研究，你愿不愿意接受我的采访？

行人来来往往的声音变大。

2.9 初见曼哈顿

彩云和大强在一辆计程车上，正在从皇后区驶向曼哈顿。彩云穿着一件不怎么高级的旗袍。天很冷。

大　强　（看彩云）不错嘛！

彩　云　不错？你觉得我这一身中国娃娃合适吗？他不会以为我是茶楼的领班，送餐的吧？

大　强　这个新客户比较喜欢异国风情。可能。

彩　云　不是，两千五百块，我都没见过这么多钱。我就值那么一点。

大　强　这……你怎么问这个问题？

彩　云　我那边的价是一百而已，有时客人打折就八十，做满十次还要送一次，我都习惯了，我价值就这么一点。而且……

大　强　而且什么？

彩　云　我做过一个梦。

大　强　别扯什么梦！彩云，市场上是多少你就是值多少！

彩　云　这什么市场？牛肉还是猪肉还是鸡肉？

大　强　啊呀，彩云，你要相信，在我的心目中跟你……就是值两千五百这个价！（发现自己说错了）不是，我是说……你知道我意思！啊哟！！

彩云看着曼哈顿街景，眼睛瞪圆了。

你看什么？奇怪，瞪那么大眼睛，好像你从来没看过曼哈顿一样。

彩　云　我是没看过。

大　强　啊？你来纽约三年了，从来没到过曼哈顿？

彩　云　我……嗯。

大　强　好吧，等一下在我们左手边的呢，就是帝国大厦，看见了吧？那就是专门给人约会，然后错过的地方。《西雅图夜未眠》知道吧？

彩云抬头看。

彩　云　说说我这客人。

大　强　你这个新客户来头可不小，我们连他的名字都不知道。

彩　云　那我怎么称呼他？

大　强　用代号，叫他莱利。

彩　云　莱利。他跟你说的？

大　强　他什么也没跟我说，是他同事安排的。

彩　云　什么意思？

大　强　据我所知，他根本不知道你要来。是个惊喜，你是个礼物，懂吗？ Surprise!

彩　云　你这太不靠谱儿了吧。

大　强　欸彩云，我不可能害你嘛，对不对？我是说，虽然我以前害了你，但这就是我补偿的机会啊！你就放轻松、放自然，好好享受五星级酒店的奢华套房，看看窗外的美景，隔壁就是世贸双子星塔，第二天一早，我就在酒店大堂等你。

彩　云　你确定？

大　强　确定一定以及肯定。你可别忘了，哥是大强！强大得很！

2.10 时间与鸽子

联合广场的晚上，扎西在垃圾里翻吃的。一只鸽子上，在地上找东西。

扎　西 欸……36号？这么晚在干吗？

36　号 欸扎西，没事吧？

扎　西 你们联合广场这边鸽子不都是早睡吗？

36　号 是啊。

扎　西 在找什么？

36　号 找根烟。

扎　西 鸽子又不抽烟。

36　号 谁说鸽子不抽烟？

扎　西 就算你找到一根，你也不会点。

36　号 不许你告诉我我能做什么不能做什么，到时我用嘴巴擦出火花你就知道了！

36号用它的喙戳地面。

扎　西 你要烟干吗？

36　号 冷死了！今晚还要降温呢！

扎　西 是啊，可香烟又不能给你取暖。

36　号 不能吗？

扎　西 不能。

36 号 吸进去不是热的吗？

扎 西 不是啊。

36 号 那为什么我看你们人类心情不好的时候都来一根？

扎 西 所以你心情不好咯？出了什么事？

36 号 我老婆跟别人飞了。

扎 西 啊？谁？

36 号 32 号。

扎 西 46 号跟 32 号飞了？我不记得 32 号什么样了，他有什么特别的吗？

36 号 一点都没有，就跟成千上万的鸽子长得一模一样。他就是有本事能把身体鼓得很大，就爱穷炫，像孔雀那样。他以为他孔雀，他就是长得胖一点的鸽子！

时间在两人面前停下。

扎 西 你好。

时 间 你好。

扎 西 你是谁？

时 间 我是时间。

扎 西 你的名字叫时间？

时 间 我是时间。

36 号 那你好，时间。

时 间 我无所谓好不好，我是时间。

扎　西　嗯，那你来这里做什么？

时　间　我不做什么。

36 号　啊？

时　间　你也不做什么。

扎　西　他有，他在找烟。

时　间　他其实做不了。

36 号　为什么？

时　间　因为当你说你在做什么的那一刹那，它已经过去了。

36 号　那没问题，我就不做什么的，跟你一样。

时　间　你没办法不做什么。

36 号　为什么？

时　间　因为当你不做什么的时候，我也看到了。

36 号　你偷看我！

时　间　我走过你。

停顿。

扎　西　那你今晚出来……？

时　间　走走。

扎　西　你是出来走走。

时　间　走走。

36 号　走走停停。

扎　西　时间走走停停！

扎西、36号笑。

时　间　不停。

扎　西　啊?

36 号　我看到你停下来了。

时　间　人们经常以为看到我了，但其实你看到我的时候，我已经走了。

时间掉头走。

36 号　他已经走了。

扎　西　时间向前走了。

时间停住，回头。

36 号　时间回头了!

扎西和36号大笑。

扎　西　那好，时间，现在是9点37分。这是你吗?

时　间　那只是一种人类发明的抽象方法，来记录一个根本不存在的时刻。

扎　西　为什么9点37分不存在呢?

时　间　因为等你到达那一时刻的时候，它已经过去了。

36 号　哇这个说法很贱哦!

扎　西　“光阴似箭”哦!

36 号　时间是贼哦!

扎　西　所以你是个贼哦!

扎西和 36 号大笑。

时　间　我不是贼。虽然我拿走了你的一切，但任何我能偷的，都是你们自己早已交给我的。

扎　西　什么？

时　间　看看你，你在找你的母亲，对吗？你的脑海中满是来自过去的模糊回忆，而你找到她的希望却在将来。所以你根本不在这里。

扎　西　我不在这里，那我在哪里？

时　间　你在一个叫作“无处”的缥缈幻境中。36 号也是，所有人都是。看啊，他妻子正令他苦恼，那是来自过去的事，而他心里想的是将来，他抓到妻子和 32 号的时候。

扎　西　等一下。

时　间　没办法，我是时间。

扎　西　所以呢？

时　间　我向前。祝在缥缈幻境中的你们有一个愉快的夜晚。我走了。

时间下。停顿。

扎　西　时间不等人！

36 号　时间走得真快啊！

36 号和扎西大笑，又突然克制，满脸疑惑。

2.11 莱利

世贸中心 3 号楼，万豪酒店 2001 号套房，深夜。莱利在桌前工作，彩云在酒店走廊按响门铃。

莱　利　谢谢你，不需要客房服务。

门铃响。

我说了不需要客房服务！

彩　云　快递。

莱　利　找错房了。

彩　云　这是 2001 号房吗？

莱　利　是。

彩　云　我有一份礼物送给莱利先生。

莱利感到迷惑，去开门，站在门外的彩云看着他。

恭喜你！

莱　利　礼物给我吧。

彩云抓住莱利的双手，放在自己的腰间。

彩　云　我就是你今晚的礼物。

莱利把手缩回来。

莱　利　什么？谁送来的？

彩　云　（念一张卡片）沃顿和克莱恩菲尔德律师事务所。

莱　利　是我的律所。这是谁安排的？开玩笑吧？我的天，是不是一个叫吉普的搞的？不好好干活，每天都出馊主意的家伙！

彩　云　是谁不重要。我来了，任您享用。

莱　利　对不起，我没兴趣。

彩　云　您的任何需要……

莱　利　我需要你现在离开。

彩　云　我不会离开。

莱　利　这是我的私人套房，公司太忙的时候我就来这里办公，我正在工作。欸我和你说这个干什么？请走吧，外人不准进。

彩　云　先生，您不明白，我得为您服务，不然会拿不到钱。

莱　利　我保证你拿到钱。你叫什么？我跟他们说。你有名字吧？

彩　云　欣欣。

莱　利　欣欣，贵姓？

彩　云　就欣欣。

莱　利　好，我就跟他们说，欣欣太棒了，他们大伙会乐死，然后你钱也拿到了。

彩云突然抱住莱利。

彩　云　（快哭了）求您了……请让我为您服务。

莱　利　我要叫保安了。

彩　云　求您了……我需要这笔钱。

莱　利　我保证你能拿到钱的。

彩　云　可是我必须……

莱　利　什么？

彩　云　我必须值得才行。

停顿。

让我为您服务，然后我就走。

莱　利　我还有工作。

彩　云　我可以等。您什么时候好了，我随时可以。

彩云走到床边，停顿。莱利看着彩云。

莱　利　那好吧，随你便。有本事你就在这儿慢慢等。

彩　云　那我现在脱衣服好吗？

莱　利　随便，你怎么都行。不好，还是别脱了。这样好了，你不是叫 SingSing 吗？那你就唱首歌吧，唱完就走。

彩　云　唱首歌？

莱　利　对，快一点。

彩　云　我好多年没有唱歌了。

莱　利　随便唱，快一点。

彩　云　唱完就能拿钱？

莱　利　对。

彩　云　你确定？

莱　利　快。

停顿。

彩　云　好。这是一首来自我家乡、来自大山的歌。

莱　利　行，唱吧。

彩　云　其实这是我朋友最喜欢的歌。她以前总是站在山顶唱这首歌，唱给整个山谷听。

莱　利　我洗耳恭听呢。

彩　云　她本来这一生中应该唱出很多很多的歌，但这是我听她唱的最后一首。我唱我家乡的话。

莱　利　请。

彩云的话吸引了莱利的注意力。彩云开始唱天琴和她在婚礼上唱过的歌。

彩　云　（唱）春天山谷一片翠绿，
夏天万花四处竞放，
秋天花儿谢、草原黄，
冬天大地一片白。

彩云百感交集，停了下来。莱利听得很专心。

莱　利　怎么不唱了？继续呀。真的很……美，也很伤感。

彩云继续唱。

彩　云　（唱）万花的记忆早已埋没，
但山谷和天空记得一切……

彩云抑制不住感情，哭了。

莱利走向她，用胳膊搂住彩云，彩云靠在莱利身上大哭。

莱利把彩云领向床边，两人只是躺在床上，躺在彼此的臂弯里。

JJ 对观众说话。

J　J　就这样，彩云在位于双子星旁世贸中心 3 号楼的万豪酒店 2001 号套房度过了一夜。后来有很多夜晚和那一晚一样，莱利和欣欣分享藏在内心最深处的孤独，然后就整夜躺在彼此的怀里。

2.12 最寒冷的一夜

面店，将近黄昏，天气奇冷。雪莲看着自己即将关闭的面店，内心充满忧伤。一位顾客在吃面。

老翁和老妇慢慢绕场。

顾客一 妈呀，这股寒流怎么搞的？也太反常了。

雪　莲 来得是时候。

顾客一 你说什么？哦，门外那张通知上说你要关门了？是真的？

雪　莲 嗯。

顾客一 那你会搬到哪儿？总不能就这么收摊吧。

雪　莲 我不知道。（突然脆弱，自语）房租交不出来，我不知道要怎么撑下去……

顾客一下。

（恢复）没事，我们会没事的，会没事的。

JJ上。

J　J 雪莲，我来了！

雪莲高兴，两人拥抱。

雪　莲 你不是带团去了吗？

J　J 提早回来了。

雪　莲 干什么？

J　J　就是要陪你啦！我听说了房东的事。

雪　莲　（感叹）啊，日子不同，风景不同了。以前看出去是广场，天好大，云好高。现在，就看对面房子。我怎么来到一个钢筋水泥的城市？好像一场梦，JJ。

J　J　好像一场梦，雪莲。

雪　莲　明天醒了。

J　J　会有办法的。

雪　莲　欸 JJ，你总是这么给人希望。

如意二放学回来。

J　J　欸，如意回来了。

雪　莲　JJ 在跟你说话呢。

J　J　怎么样？

如意二　冻死了。

J　J　学校怎么样？

如意二　我讨厌学校，我再也不回去了。

雪　莲　出了什么事？他们今天又说什么了？

如意二　他们叫我“大蒜手”。

雪　莲　你应该感到自豪才对。

如意二　我不想再帮你剁蒜了。

雪　莲　好消息，过两天我们关门大吉，你想帮也帮不了了，也不用满手大蒜味去上学了。

如意二 我再也不去学校了。

雪　莲 那正好退学费，我们还能多撑几天。

停顿。雪莲失去耐心。

你知道另外一个如意要上学要走多远的路吗？她要坐十二小时的大巴才能到学校！三个月以后才能回家！

如意二 我不是另外一个如意，我也不想做另外一个如意！

雪　莲 注意点你的态度，小姑娘！

如意二 你才应该注意你的态度！妈！（指着墙上）这里是纽约，不是你的小山村！我也不是她！我知道她很乖，很懂事很可爱很贴心，但她不是我!! 为什么你要给我起名叫“如意”？

雪　莲 因为你没有名字啊！你是废墟里捡来的！

如意二 那你就随便给我起个名字啊！为什么非得是她的名字?! 你就只想让我变成她！对不起，妈，但是我永远不可能变成她！我活着就是个替代品！一个过期退不了货的次级品！

雪莲走开。

J　J 好啦，别那样凶她。

如意二 我凶她？是，我知道我知道，她女儿死了，很可怜，但那都是十年前的事！她该往前走了，但每天她看到我，就好像看到另外那个如意，我存在的目的只不过是在提醒她，曾经有一个更美好的如意。除此之外我什么都不是，我就是个影子。

雪莲重上。

雪　莲　你不是影子。

如意二　妈，你救了我的命我很感激，但我要还到哪一年？

停顿。大强上，如意二走进里面。

大　强　喂，雪莲！欸如意，JJ，你们都在？怎么样？怎么了？有什么事都可以跟你大强叔叔说。

雪　莲　我们不需要你的意见。

大　强　彩云的事你还是不放过我是吗？唉，你知道我又不是故意的！我怎么可能对自己人做那种事呢？虽然我是对自己人做了那种事，但是我在努力弥补，而且我现在有一种感觉，她到最后一定会是一个美好的结局。

雪　莲　一种“感觉”？

大　强　非常确定的感觉。

雪　莲　就像你人生中其他所有确定的感觉一样对吧？来，吃面，你来我这儿不就是为了蹭碗面吃？反正今天最后一天，再蹭一碗吧。

大　强　哎哟我去，雪莲，你这话伤透了我的心！我这人，我……不过既然你提到了，这会儿来碗面也不错。外面真冷！

大强找个地方坐下吃面，雪莲摇头。

不过雪莲，你还是容我说一句话，你不能就这么白白送面给闲人吃。JJ，你说我说的对不对？这不符合任何商业模式。我知道你现在房租上有困难，这就是我今天来的目的。你看今天天这么冷，马路这边连个人影都没有，你看对面那一家韩国店挤爆了，难道你的面比它的饭难吃吗？做生意要观察！你要看到，你的“气”被堵在马路这边！放心，最近呢，我已经在通过我的人脉，想办法帮你在街对面租一间店面，那边风水好！

雪　莲　大强，你就别扯那一大套理论，好不好？吃完面请走吧。

大　强　喂，我说这些是因为我关心你们。你现在也是纽约人了！你想问题的方式也要像个纽约人啊！

老翁和老妇上，他们衣衫褴褛，好像街上无家可归的人。大强捏着鼻子。

呕！抱歉两位，这里是给……

雪　莲　两位……？

大　强　不行，雪莲，很臭啊！快把他们赶走，不然其他客人都不敢进来了！

雪　莲　（对大强）吃你的面！（对老翁和老妇）两位请坐……

老　翁　我们走了很远很远的路。我们在找我们的儿子。

雪　莲　你们一定是饿了。

老　妇　如果有个暖和的地方让我们坐一会儿就好。

老　翁　外面真的很冷。

雪　莲　如意，给他们倒茶……

老翁和老妇坐下，如意二倒茶，雪莲做面。

老　妇　不是……

老　翁　我们……

雪　莲　喝茶。

大　强　唉！

雪　莲　你们在找你们的儿子。

老　翁　他说好了在车站等我们。

如意二　哪个车站？

老　妇　什么意思？

如意二　宾州车站，中央车站……

老　妇　（对老翁）原来不止一个。

大　强　废话！当然不止一个！你没玩过“大富翁”吗？

老　翁　抱歉，这位先生，我没明白你的意思。

雪　莲　大强，你就不能把面吃完走人吗？（对老翁老妇）两位请吃面。

雪莲为两位老人端来面。

老　妇　可是，我们……

老　翁　我们没有钱。

雪　莲　没关系。

老　翁　不是，我们……

大　强　雪莲，他们已经跟你说了没钱！

雪　莲　桌上有酸菜，辣椒不够这边还有。

老　妇　不，这样就好。

老　翁　谢谢你。

老人安静地吃。

大　强　好嘛，你现在开始养街上要饭的！难怪你明天要关门！呃呕！臭死了！

大强走出去，雪莲静静地看着两位老人吃面。

老　翁　谢谢你给我们做这么好吃的面。

老　妇　谢谢你，我们很久没有吃东西了。

雪　莲　没事。如意，给他们加茶。

老　翁　不麻烦了，真的。

雪　莲　这是我老家的茶，喝喝看。

如意二倒茶，二人喝。

老　妇　谢谢你。

老　翁　我们该走了。

雪　莲　可是外面那么冷，天气预报说今晚还要降温的……如意，你去把那两条我们新买的毯子拿来。

如意二　啊？妈，我们今晚要用啊。

雪　莲　去拿吧，如意。

如意二走进里屋。

老　翁　实在太麻烦了。

雪　莲　哪里哪里，希望你们早日找到你们的儿子。

如意二拿来两条毯子，大强回来看到。

老　翁　这真的是太……

老　妇　我们不能……

雪　莲　请收下吧，这样我会比较放心，知道你们今晚不会挨冻了。

老　妇　我们要怎么感谢你？

雪莲从围裙里掏出一些钱，大强简直不敢相信。

雪　莲　也请收下这个……

老　翁　不不，我们不能……

老　妇　真的不行……

雪　莲　一点车钱，你们一定用得上。

老　妇　不行，我们真不能拿。

雪　莲　请一定要收下。

他们把钱收下。

老　翁　谢谢你，你人真好。

老　妇　再见。

雪　莲　再见。

老翁和老妇深深鞠躬，然后离开。

雪莲看着两老的背影，沉默片刻。

大　强　好了！这下你又证明了什么？雪莲，你脑袋瓜有问题！你明天就要关门你今天还……醒醒吧！你简直——（看到墙上的照片）欸还有那些照片……天啊，这个人的照片为什么还挂在你墙上？你居然还留着那个浑蛋的照片？

雪　莲　怎么样？你什么问题？这个人不是我丈夫吗？

大　强　你丈夫？（笑）

雪　莲　我们又没有离婚……

大　强　雪莲啊，你太严重了！地震那一天婚礼上，他是怎么羞辱你的，全村都看到了，我心里都替你流血，你还……？

雪　莲　阿福是迷路了，我在他眼神里看到了。我等他回来。

大　强　你等他……?!（忍住笑）你等！你等纽约市长来这里亲手给你建一个贞节牌坊好了！你等奥普拉邀你上她的节目谈“不离不弃”好了！雪莲！你现在在美国！美国爱情跟吃饭一样，知道吗？今晚家里没饭吃，出去吃就得了！

雪　莲　大强，是好是坏，都是我们的回忆，都是我们的人生。

大　强　雪莲，这就证明你完蛋了！你问我回忆值多少钱？一分钱不值！情感又值多少？还不如一碗面！你把所有的情感都押在那个浑蛋身上，然后他跟一个野女人跑了，我还偷偷地在等他混出名堂来变成大明星，结果再也没听过他的名字，他妈的女儿死的时候都不回来看一下！可能他的好运在离开你、躲过地震的时候就用完了。

雪　莲　够了！我爱在墙上挂什么就挂什么！等明天人家让我们收拾走人的时候，我会把这些全带走。你要是说完了，就请吧，这里不欢迎你。

大　强　等你关门大吉，连如意都养不了的时候，可别说我没警告过你！

大强下，如意二走进里屋。

雪莲一个人在店里，她看着墙上的照片，轻轻地哭了。

一长段沉默。

两位新顾客上。

顾客二　你好，你们有开吗？

雪　莲　啊？有，有。

顾客二　（对同伴们）开着呢！

顾客三　欸不错欸！

雪　莲　请坐。

顾客二　帮我们做两碗面。

雪　莲　好。

雪莲开始煮面，四位新客人上。

顾客四　怎么没早点儿想到这家店？外面冻死人了！

顾客五　你听过这家店没有？他们家面做得超好吃。

顾客六　（对雪莲）麻烦来四碗面。

顾客七　听说酸菜是百年私房菜！

顾客六　有大碗吗？

雪　莲　没有，先生，我们的碗都是一样大小。

顾客六 那就得来四碗，我一人吃两碗。

顾客七 你来两碗？那我也两碗啊。总共五碗！

雪　莲 如意，过来给我帮忙！

又有三位新顾客上。

顾客八 叫你早一点来，你看，快没位子了！

顾客九 （拿着手机）不是我！他们搞不定！

雪　莲 你们几位？

顾客八 现在三位。

顾客九 （对手机）啊？什么？你们都过来？那快！（挂电话）他们都来，所以一共八个人。

雪　莲 八个。（惊醒）八个 ?! 那你们得分开坐！

顾客八 没问题。

如意二上，看到场面，大惊。

雪　莲 如意，我需要蒜，快。JJ，麻烦你帮一下忙，可以吗？

如意二 啊？妈，发生了什么事 ?!

J　J 这怎么了 ?!

雪　莲 快！快帮忙拿椅子！如意！帮他们倒茶！……

JJ 卷起袖子开始干活，如意二开始剥蒜。顾客们坐下，有说有笑，一片热闹。雪莲招呼客人，回到门口，把门关好。她向外看。

2.13 每个人都有非凡潜能

哥伦比亚大学心理学教授艾玛的办公室。她正在采访多吉，她的助理在一旁记录。侧台时不时传来艾玛的狗的叫声。

多　吉　（唱）生与死，两个国度……

其实背靠背，一线之隔……

艾　玛　你是说，这些词句就这样涌入你心中？

J　J　嘘。

艾　玛　什么？

J　J　看。

艾玛看到多吉凝视半空。

多　吉　（从空气中阅读，唱）悲与乐，两个国度……

艾　玛　（对多吉）真神奇。你是在阅读空气里的歌词？那音乐呢？曲子呢？

多　吉　就自然涌现。

艾　玛　即兴创作。你确定这些不是你幻想出来的？

多　吉　可能，就像你的办公室也可能是我幻想出来的。

艾　玛　啊？

J　J　（笑）对对，这都是我们幻想出来的。伍兹教授也是我们幻想出来的。

多　吉　（对艾玛）你不存在。

多吉、JJ笑，狗叫。敲门声，助理去开门。

艾　玛　不好意思，可是我必须问：你是一个受教育程度不高的牧民，怎么能从空气中读那些字？所以这根本说不通啊！

J　J　如果说得通反而就不通了。

扎西上。

两位牧民上，年轻时的多吉与扎西开始绕场。他们穿着简朴的牧民服装。同时，莲花生大士开始绕场，穿着朴素。

J　J　教授，这位是扎西，多吉的弟弟。

艾　玛　欢迎，扎西，请坐。

扎　西　你好。

艾　玛　你号称能和动物交谈。

J　J　不是“号称”。

艾　玛　直到能够被科学证明之前，只能是“号称”。我非常好奇，你们的所谓“能力”当年是怎么来的？你说一个神秘的人来到你们梦里？这实在有一点抽象，可不可以说明一下？

扎　西　其实一点也不抽象。

多　吉　我们那个时候十几岁嘛，过着很平凡的生活，在山上放羊。有一天下午，我们追一头走丢了的羊，走远了，走到一个从来没有去过的山上。

扎　西　我让哥不要再走了，可是他说我们不能丢了那头羊。

多　吉　然后开始下雨。天黑了，我们找到一个温暖的山洞，决定晚上在那儿过夜。

两位绕场的牧民走到舞台中央，准备就寝。

艾　玛　山洞在坎贝尔的原型中有一定的含义。然后呢？

扎　西　然后我们就睡觉了。

多　吉　然后到了半夜，山洞突然很亮很亮……

中央区如上所述，亮起来，两位牧民醒来。

扎　西　然后，他来了……

艾　玛　谁？

莲花生大士与两位牧民对望，他变得非常亮，好像莲花生大士自己在发光一样。两位牧民看着他。

莲花生大士　多吉、扎西，每一个人来到世界上都有非凡的潜能。最大的能力就是能够找到自己身上的如意宝，这如意宝能替你解除任何的苦难，但对世人来说，想找到它太难太难。今晚，我来点亮你们内在的特殊潜能，来让你们帮助世人。来，两位，给你们选择，一位可以与动物交谈，一位可以从心中唱出净土的歌曲。

年轻的多吉　弟，你选。

年轻的扎西　我？请问唱歌能做什么？

莲花生大士　选择吟唱的这位任重道远，将来在适当的时候要为世界寻获净土之所在，然后带领人们到净土去。

年轻的扎西 那我选择跟动物说话。

年轻的多吉 他不爱唱歌。

年轻的扎西 不是，我想找妈妈。

莲花生大士 你觉得跟动物说话就能找到妈妈？

年轻的扎西 肯定能，动物一定知道她往哪儿去了。

莲花生大士 好，那扎西，你跟动物说话。那多吉，你必须接受寻找净土这个重担。

年轻的多吉 我可以吗？

莲花生大士 你，你们要坚持。

莲花生大士更亮，发更多光，然后消失。

年轻的扎西 好累。哥，睡了吧。

年轻的多吉 睡了。

两位牧民就地睡觉。中央区灯光变化。

多　吉 等我们醒来，我们就是像现在这样，直到今天。

中央区两位牧民醒来，离开，绕场，下。

艾　玛 等一下，这是在梦里发生的，还是你们已经醒来后才看到这个人？

多　吉 有差别吗？

艾　玛 啊？

狗叫。

扎　西 结果是一样。呃教授，不好意思打断你，但是你的狗好像有些心事。

艾　玛　没事，随他去吧。等一下，什么？

狗叫。

扎　西　（对侧台的狗）你主人正忙着呢。（对艾玛）他很不爽，因为你说好每天带他出门尿尿，都没有，所以他现在不想“鸟”你，懂了吗？

艾　玛　我什么？

扎　西　（听侧台的狗叫）什么？（对艾玛）他还说你是个小气鬼。他说新的狗粮，你竟敢买打折货。

艾　玛　欸他只是条狗。等一下，我干吗为了我的狗跟你理论？

扎　西　他说一个堂堂哥伦比亚大学教授买廉价狗粮也太不够意思了，万一买到黑心货把他吃死了怎么办？

艾　玛　（对助理）这个不要记。

停顿。

多吉起身。

多　吉　（对扎西）扎西，这儿就交给你了，我就去广场了。（对艾玛）教授，我们就离开这个我们幻想出来的地方吧。

多吉和 JJ 下，艾玛的狗还在叫。

扎　西　（对狗）什么？你慢一点，你说话很不清楚。

艾玛好奇地看着扎西。

2.14 人类是最奇怪的动物

彩云敲万豪酒店套房的门。

莱 利 欣欣，谢谢你今晚过来。请坐一下，让我把明天的工作准备完。

彩云进来房间。

彩 云 我带了皇后区的蛋挞。

莱 利 不行，这热量太高了，但是……

莱利吃蛋挞。彩云对着墙上的当代艺术绘画，看得入神。

彩 云 这家酒店真不一样，这些画……好特别……

莱 利 当然特别，都是我私藏的。这个房间不对外的，只有我一个人长期使用，所以我把一部分当代的收藏挪了过来。你熟悉这些艺术家吗？

彩 云 不熟。

莱 利 那你看这些作品有没有什么感觉？

彩云看一幅画。

彩 云 人类是最奇怪的动物。

莱 利 说中了，那是弗朗西斯·培根。

彩云看另一幅画。

彩 云 最深的黑里面还有更深的黑。

莱　利　对罗斯科的完美描述。

彩云看另一幅画。

彩　云　有混乱，有灾难，也有美。

莱　利　波拉克。天啊，欣欣，你该去做艺术评论家。你的内心有某种纯洁、清澈的直觉，能直接看到这些画的本质。

彩　云　我的真名叫彩云。

莱　利　好听。是什么意思？

彩　云　意思是“彩色的云朵”。

莱利感动。

莱　利　真的好美。彩云。

彩　云　那莱利，你的真名是什么？

莱　利　我的真名是丹尼尔。

彩　云　是什么意思？

莱　利　意思是“丹尼尔”。唉，现在人再也不去理解这些意思了。这个名字在希伯来语里本来的意思是“上帝是我的审判官”。

彩　云　为什么上帝要审判你？

莱　利　为什么云朵是彩色的？

两人安静地享受这夜晚。

2.15 礼物

JJ 旅行社办公室，两张办公桌。一位同事在打电话。JJ 走进来，拉着行李。

同　事 喂，“废墟之旅”。你好……是是，有，有。（对 JJ）你从希腊回来了？太好了，一直想找你的那个客人就在 2 号线上，我切给你。

JJ 放下行李，接电话。

J　J （对电话）……对，不是废墟我们不去。我们“罗马之旅”只参观所有罗马废墟……为什么啊？因为我们公司的哲学就是你必须看到人类历史中最难看的，才能欣赏到最美的……

多吉从里面出来。

多　吉 马桶修好了。

J　J 欸多吉你在啊，谢谢，欸我在希腊的时候心里就一直挂着办公室的厕所。

多　吉 没事，早跟我说就好了。

J　J 我让同事跟你结账。

同　事 多少钱？

多　吉 不要钱。

J　J　那怎么行？

多吉看着公司的门。

多　吉　欸？等一下，JJ，你们公司的门歪掉了。

同　事　对，现在门不好关。

多　吉　我帮你们修一下。

多吉拿工具修门。

J　J　（对电话）……到德国也有，我们有一个深度的德累斯顿三日游……对，就是“二战”结束的前一天炸掉的整个城市。好好，谢谢哦。（挂电话）

JJ看多吉修门，同事下。

多　吉　可以了，很简单。

J　J　就像以前你修我家那个门一样，救了我一命。所以你修这个门的意思，是不是这儿也要地震了？

多　吉　没有没有，我就是看到了也要修一下。公司门歪了总是不好。

多吉坐下整理工具袋，JJ坐到他旁边。

J　J　多吉，我知道你不会收我们的钱。

多　吉　这就不要客气了。

J　J　但是我一直想补偿你，想感谢你，不只是因为你当年救了我一命，而是因为……我一直想给你一个东西，但是不知道你能不能接受。

多　吉　那是什么？

JJ抱住多吉亲了一下他的脸颊。

停顿。

多　吉　对不起，JJ，如果我说我对你没感觉，那是骗人的，可是此生我要做的事情，可能没有办法让我过一个一般人的生活。我不是说你一般，JJ，你很不一般，只是……

J　J　不用说了，我了解。只要你允许我在你旁边，让我……支持你，我就够了。

二人相看。JJ拉多吉的手。

2.16 利物浦

艾玛的办公室，她在采访扎西，她的助理在记录。侧台时不时传来艾玛的狗的叫声。

艾　玛　为什么你的能力跟我的能力差距这么大？毕竟我们是同一个物种。

扎　西　那就看你对“物种”的概念有多宽广。

艾　玛　可是我好奇，你是具体怎么做到的跟动物说话？

扎　西　那你怎么确定你现在在跟我说话？

艾　玛　因为人类互通的语义系统所运用的一系列符号是长年发展而形成的可互相辨识的词素，而动物从身体构造上不具有构建句法系统并将其表达出来的能力。

扎　西　这可能都是阻挡你的概念吧。

艾　玛　不是，我是说你的变化怎么可能在一夜之间就完成了？

扎　西　不需要一夜，一瞬间就够了。

狗叫。

艾　玛　（羡慕）哇……开窍！顿悟！……顿窍！

扎　西　（对狗）好了，利物浦，我听到啦！我在接受你主人的访问！（对艾玛）不好意思，但是利物浦坚持你是个骗子。

狗激烈地叫。

他要你守信用，现在就带他出去尿尿。他说别像对待一只狗那样对待他。这是他说的。

艾　玛　（有些错愕）我之前有跟你说他名字叫利物浦吧？

艾玛示意助理出去。助理下。

扎　西　（对狗）欸你这态度太强硬了吧！（对艾玛）你没有说吗？（对侧台的狗）好了，利物浦，我在尽力，你不要……

狗疯狂地叫。

艾　玛　他说什么？

扎　西　（对狗）你这么说就过分了！她一天也是很辛苦的！辛苦什么？你一只狗怎么会知道一个大学教授在忙什么？你就……啊？我不跟你说话了！岂有此理！什么狗?!

艾　玛　他说什么？

扎　西　算了。不好听。

艾　玛　他说“×他妈”吗？（惊讶）我说出口了！我这辈子第一次！

扎　西　呃……恭喜，恭喜。

停顿。

艾　玛　扎西，你真的觉得我……辛苦吗？

扎　西　可不是？人也是动物，动物累的时候，很清楚，他累了。你真的很辛苦。

艾玛感动。

艾　玛　从来没有人跟我这么说。我一个人来到纽约，你不知道……有多孤独，所以才养只狗，就是要他陪我，可是他……他……

狗叫。

扎　西　（对狗）听到没有？你要多体谅她！……

艾　玛　利物浦！乱吼乱叫什么东西！（对自己）哇，好爽！扎西，我开始懂了！我可不可以说：动物都直接反应，只做，不想？

扎　西　对！这不代表动物没有计划，只是说动物只做需要做的事情。人类的问题在于，一旦你们需要做某件事的时候，就会停顿、考虑、犹豫、怀疑。

艾　玛　对，不能想。

扎　西　动物就是做。

艾　玛　就是做！

沉默。

艾玛突然丢下手上的笔记本，走向扎西，拥抱他，亲吻他。

2.17 过客

偶然开始绕观众行走。

面店里，顾客八上。雪莲和如意二正忙着招呼客人，像是打仗一样。

店里人头攒动，生意兴隆，雪莲上两碗面。

顾客一、二 哇——！

顾客四 欸我们比他们来得早，我们的面怎么还没上啊？

雪　莲 马上马上。

如意二上，一起的还有两个同学。她很开心。

如意二 妈，抱歉我回来晚了。

雪　莲 你去哪儿了？你不知道这个时候店里忙吗？

如意二 合唱团训练，跟你说过了。

雪　莲 哦，那好，赶快！

如意二 妈，指挥让我唱独唱哦。

同学一 她唱得超棒，她的嗓音把我们震翻了！

雪　莲 嗯，如意是有副好嗓子，会说话就会唱歌了……

如意二 什么？

停顿。

雪　莲 不是，我是说，真棒，如意！（对同学）想吃面？可以啊，先干活。去把手洗了，把桌子擦了，然后把这些碗洗了，再把这些面端给 1 号桌，然后你们就可以坐下吃。没位子就站着！

同学一、二 是！

如意二和两位同学开始干活。

顾客二 欸，雪莲，我们在收集签名，要支持那些非法移民的医疗权利。你可不可以帮我……

雪　莲 现在没有时间跟你说话。把资料贴在那个墙壁上，我会处理。

顾客二 哦。

顾客一 给我来点酸菜好吗？

雪　莲 自己拿！

顾客一 没了！

雪　莲 如意！酸菜！

如意二 （对客人）酸菜没了自己不会添？在台子上！

顾客一 这以前是我的秘密小馆子，发生了什么？

顾客二 发生了《纽约时报》美食评论。

顾客三 “喜马拉雅山脉以东最好吃的面在下东区。”

如意二 你们两个吃完面能不能到别的地方去喝茶？

顾客四 啊？

如意二 这不是什么土耳其咖啡馆给你聊天的！

顾客三 哎以前都是我在这儿帮你们撑场面！你什么意思啊 ?!

如意二 时代会变的，懂吗？

顾客五 走了走了，没劲。

顾客三、五起身离开。顾客九、十上。

雪　莲 不好意思啊，今天人太多了。改天下午来，我请你喝茶。

一位中年女性，十方，在四周游走，脸上戴着眼罩。她似乎一直很迷惑，仿佛在试着躲开挡在她路上但其他人看不见的东西。在一般人看来，她就是个无家可归的游民。

十　方 我真是没有用。我来纽约为的就是睁大眼睛看！结果我一直蒙着……一直蒙着……我一定要有勇气！拿掉！拿掉！

十方取下眼罩。

停顿。十方望着四周。

（对空气）不!!不要!!放过他！情绪一瞬间就过去吧！别掏枪……她是你老婆！你爱她啊！你为什么要……不！不!!

停顿。十方伤心极了。顾客们看看她，然后继续吃面。

雪　莲 这位女士……你还好吗？

顾客一 小心，雪莲，你不知道这些人磕的是什么药。

十方看到有人正要跳楼。

十　方 不要跳！不要跳！只不过是钱！赔了还能赚回来！啊不……!!

停顿。十方戴回眼罩，往外走。

雪　莲　等一下，下雨了。

十方下，她看上去还是很迷惑、很害怕。

雪莲继续做面。

彩云和莱利上，两人之间已经有了一种亲密度。

彩　云　听说这儿有山上来的好吃的面啊？

如意二　两位啊？

彩　云　老板娘呢？

雪莲看到彩云很兴奋，她已经很长时间没见过彩云了。她们像小女孩一样，兴奋地跳动。

雪　莲　彩云！你终于到我们店来了！

彩　云　雪莲！好久不见啊。

雪　莲　如意，快叫人啊，彩云阿姨不认识啦？

彩　云　如意！我的天，有多久没见了？你已经是少女了喔！这位是我的朋友，莱利。

莱　利　丹尼尔。

彩　云　丹尼尔，这位是如意，这位是雪莲，这位是 JJ。

莱　利　（握手）幸会。（对雪莲）彩云跟我说过太多你的故事，您真是传奇性人物，她每次说起来就像说自己家人一样。

雪　莲　我们是家人。来，请坐吧。

彩　云　没位子啊。

雪　莲　有！（对客人）你！过去一点！往里面串一个位置啊！

客　人　嗐。

彩　云　不好意思啊。

雪　莲　坐坐坐！

雪莲让客人挪座位给彩云和莱利。彩云和莱利刚坐下，雪莲就端了两碗面过来。

莱　利　喔，可是我们都还没点呢！

彩　云　这里不点，坐下吃就行。

莱利尝面。

莱　利　哇！这面……怎么这么好吃?!奇怪，彩云，这里离我办公室那么近，但我从来没有走过这条街。真奇妙，过一条街，好像到了另外一个区块、另外一个世界。

彩　云　那你好好品尝一下我们的世界。

莱　利　尝到了。谢谢你，彩云。

莱利看着雪莲和如意二，他口袋里的手机振动。

失陪一下，我接个电话。

莱利走到一旁接电话。

雪　莲　哇，彩云，你跟他……?

彩　云　别激动，只是普通朋友。

雪　莲　普通朋友？好像不止哟！

彩　云　那就叫他特殊朋友好了。灵魂伴侣。

雪　莲　他们让你出来和他在一起，他当然特殊了。

彩　云　他是开律所的，客户全是华尔街的大金融公司。每周一晚上我都到他的酒店私人套房去。

雪　莲　他出手是不是很大方？

彩　云　欸，我们之间也早就不是金钱关系了。

雪　莲　你恋爱了。小心。

彩　云　干吗小心？

雪　莲　不管怎么样，别破坏人家的家庭。

彩　云　他没有家庭。

雪　莲　那正好啊。

彩　云　他本来有……但是，他的……伴侣去世了。

雪　莲　他的伴侣？

彩　云　他对女人不感兴趣。别告诉别人，他办公室的人都不知道。

雪　莲　他对女……？那你们……？

彩　云　很难解释清楚，我们就是很合。应该说我们很能够互相抚慰彼此的伤痕。

雪　莲　不管那么多，你开心就好。

彩　云　开心，开心。

莱利回来了。

莱　利　不好意思。

彩　云　没事吧？

莱　利　当然有事，华尔街就没有没事的时候。我们在不断发明出各种危机，才能让自己解围、突围，带着利润往前走向下一个危机。我刚刚在电话上就在创造一个新的恐惧，好让投资者们心中产生一个新的欲望。可怕吧！要不是我们每天都穿得西装笔挺，你会误认为我们全是野兽！好了，不说这些，现在最重要的事情就是——这面实在是太好吃了！（对雪莲）你做不做外送？可不可以送到我办公室去？

雪　莲　你办公室在哪儿？

彩　云　世贸大厦。

雪　莲　可以。

莱利给雪莲名片，雪莲交给如意二。

莱　利　要差不多二十碗。

雪　莲　没问题。

莱　利　下周二早上，差不多 8 点半可以吗？

雪　莲　这么早就吃热汤面？

莱　利　对。（对彩云）就是我之前跟你说的那个培训活动。就是要改变他们的观念。这些人都有 MBA，一个个都觉得自己能征服华尔街。所以培训开始，我就不让他们喝咖啡，早上第一顿就是吃你的面，这也是我这次培训活动的开始。

如意二　（看莱利的名片）“沃顿和……”

彩　云　（笑）“沃顿和克莱恩菲尔德”！

如意二　莱利先生，您是在第 100 层？

莱　利　对，从大堂坐电梯上去差不多要算 5 分钟。（对彩云）我下定决心了，这次培训活动一结束，咱们就走。

彩　云　去哪儿？

莱　利　去你老家看看，去那大山里！我想去当个牧民放牦牛！真的！

彩　云　别逗了，你连牦牛长什么样都不知道。

莱　利　那才更应该去啊！有太多新事物要体验！

彩　云　行了吧，你知道我不可能走得开。

莱　利　（看表）我得回去了。多少钱？

彩云示意不用了。

啊？你付了？

彩　云　不用付。

莱　利　什么？那不行，怎么能不付钱？

雪　莲　你回家吃饭，要付钱吗？

停顿。莱利感动。

莱　利　十分感谢，我们会再来的。

彩云、莱利下。

2.18 偶然与松鼠

偶然仍然在环绕观众行走。

华盛顿广场，小灰，一只松鼠，在公园椅上看书。

艾玛拉着扎西上。

扎　西　艾玛，你要去哪里？

艾　玛　走！不要想！做！理性是人类最大的错误！本性就是野性就是自然！

扎　西　艾玛，最近你的情况会不会觉得有一点太极端？

艾　玛　没有极端，只有感受！来！我们就地再做一次爱！

扎　西　不是，艾玛，这是华盛顿广场……

艾　玛　那怎么样？你看！概念在束缚你！

扎西看到小灰。

扎　西　等一下，这个……小灰？

小　灰　嗨，扎西，女朋友？

扎　西　哦……

艾　玛　好漂亮的一只松鼠啊。教我怎么跟他说话。

扎　西　你就放空试试看有什么感觉。

艾　玛　放空……

扎　西　欸小灰，你不是以前住在布莱恩特公园那边？

小　灰　搬了。我在纽约大学旁听一些课。

扎　西　你？

扎西笑，艾玛跟着笑。

小　灰　你什么问题？又不要钱。

扎　西　（对艾玛）笑什么？

艾　玛　不知道。

扎　西　你听到他说话吗？

艾　玛　好像有。并没有。没把握。可是这么分析就不对了，不可能感受。

小　灰　讲得挺有道理。

扎　西　听到没？他说你讲得蛮有道理。

艾　玛　（认真）嗯，可是我听不到。

扎　西　慢慢来。

艾　玛　我不想慢慢来，我想当下开窍！顿窍！

偶然在两人面前停下。

偶　然　你突然间来到一个陌生的地方，新的风景，新的视野，那是因为我。

扎　西　什么？

艾　玛　他是谁？

偶　然　你本来要左转，结果你右转，那同样是因为我。

小　灰　啊？

扎　西　（对艾玛）我晚上在公园会碰到各种人。（对偶然）你是谁？

偶　然　我是偶然。

小　灰　喔……然……后呢？

偶　然　没有然后，只有偶然。

扎　西　你真的是偶然？那幸会，偶然。

他们握手。

偶　然　没有幸会，只有偶然。你们三个今晚会碰到一起，是因为我。

扎　西　就算我们今晚偶然偶遇，等一下我就会有计划地把她带走。

偶　然　如果我允许的话。

扎　西　如果你允许？

艾　玛　说什么？我才不听你的！我来去自如！也可以说，我随性去任何地方或任何不是地方的地方。

偶　然　那还是我。

停顿。

小　灰　哇，很厉害喔，偶然。

偶　然　或许。

艾　玛　“或许”又是谁？

偶　然　我兄弟。他妹妹是“或然”。

艾　玛　等一下。你说“豁然开朗”的“豁”还是“或然率”的“或”？

扎　西　（对艾玛）问这干吗？

艾　玛　不是，我可能认识她。

偶　然　“可能”是我表弟。

小　灰　请问你到底是干什么的？

偶　然　我不干什么。

艾　玛　我懂了。你不干什么，你让干什么干什么。

停顿。

小　灰　好厉害。

偶　然　其实不厉害，我其实能决定的事情很少。所有之前确定会发生的事发生了才有我。

小　灰　所有之前确定会发生的……？

艾　玛　不是，你什么意思？这么说，我今天所有走的路是因为我昨天走的所有路，那我没有自由意志吗？

偶　然　你有完全的自由意志，而一切都是偶然。

停顿。松鼠欲言又止。

我告辞了。

偶然往下。

小　灰　偶然，他告辞了！（强忍笑）

扎　西　偶然，他，走了。（强忍笑）

三人笑，偶然停下来。

偶　然　你永远不知道我什么时候会来到你身边。等我真的来了，你也无法知道我带来的是什么。

扎　西　那……

小　灰　（虚）我们再见。

偶　然　如果我允许。

偶然下。

扎西、艾玛、小灰窃笑，又收住，犹豫。

2.19 眼观十方

大雨天，多吉在时代广场。周围没有什么行人，先知在旁边观察他，并看看手上的小雪球有没有感应。

多　吉　（唱）如是我闻。一切有为法，如梦幻泡影，如电亦如露……

先　知　省省吧，哥们儿，连个人都没有，就别演下去了。这什么天？我看我早一点收了。

多吉走开。十方上，还是戴着眼罩，自言自语。

十　方　好听的歌声……好听的歌声……我没事，真的，谢谢你……我要坚强，我一定要坚强。我可以站在世界的中心点面对这一切！我能做到，我能面对你们所有人！

先　知　这位女士，不要淋雨，人生就不要淋雨，看样子你过得不是很好，我可以带你去一个很好的地方。

十方取下眼罩。

十　方　你们来呀，你们全部都来！我可以！我可以面对你们所有人！

十方迷惑，像是在人海中被淹没。

哇！这是什么地方 ?! 这什么地方？怎么这么多人？川流不息，川流不息……你们都要去哪里？你们怎么那么赶，你要赶去哪里……

十方四下看看，多吉仔细看她。她对先知说话。

（对先知另外的方向）先生，你不应该说那些话，根本没有一个叫作楞西亚星的地方。你不应该误导人们……不应该给他们那种希望。

先　知　你在跟谁说话？我站在这里啊。

十　方　（突然很不安）走开，我需要我的空间!! 去别处照你的相去！怎么这么多人照这么多相？自拍合拍一人两人很多人，很多人！很多人!!（平静一些）大家听我说，我上过高山，最高的山！我到过任何人都不曾踏足的地方！但那也还是解决不了我的问题！这就是我为什么要来这里，来人口最多最杂最黑最白最善最恶最智慧最愚蠢最无知，最无知，最无知没方向感的你们所有人!! 我可以面对你们所有人！我会成功的！对，我会的！（突然丧失希望）不……我做不到……（哭泣）太多太重了……你在害他！他在搞她！所有人在搞所有人！

十方情绪崩溃倒地。多吉走向她，认真看她，然后拥抱她。

走开，别挡我的路！走开……

她抬头看。她和多吉彼此互看。

多　吉　妈。

十　方　多吉？……

停顿。母子拥抱。

2.20 故事

彩云和莱利在万豪酒店的套房。

彩　云　他当时是超速了？

莱　利　在罗斯福快速路，他就是 61 街下来的时候撞车的。那个出口下去转两个弯就是我家。他车后备厢里有四个装满衣服和日用品的行李箱。

彩　云　他决定回到你身边？

莱　利　我愿意这么想。

彩　云　真抱歉。

莱　利　没事。我一直……他离开我之后我就一直没跟他说过话。我最后悔的就是没接他的电话。这都是窝囊的自尊心作祟！我感觉到他那个小插曲已经快要结束了，我在等他回头找我。我是绝对不会去找他的！出事的前一天，他给我打电话，我没接。一次，两次，三次，我心想前三次我绝对不接，等第四次再接。结果……没有第四次。（激动）他再也不会打电话给我了，而这一切是为了什么？愚蠢的自尊！你给我打电话，我就赢了，我给你打，我就输了，对吧 ?! 那看看现在谁他妈赢了 ?!

彩　云　不要折磨自己。他有来过这里吗？

莱　利　太多次了。这以前是属于我们两个的空间，这些画就是我们一起买的。我和他之外，你是第一个来过这里的人。这是属于我们的地方。我们在这儿聊生命，一聊就是通宵。我们有好多梦想，要搬去国外，去亚洲旅行，在法国买一座城堡。（突然激动）你告诉我，爱到底他妈的是个什么东西？你看看我！我有全世界的自由可以去爱任何我想爱的人！再看看你！你去爱任何人的自由都没有！再看看你的结果怎么样？我的结果怎么样？我们来到了他妈的同一个地方!!

彩云安抚莱利。

彩云用床当道具，解释当时的情况。

彩　云　（指）我躺这边，她躺在那边。我说："我们换位置吧，我老要去厕所。"她说"好啊"，然后就我躺那边，她躺这边。（激动）我睡着的时候还是对着她的脸，我睡着前还闻到她的呼吸！房梁砸下来的时候，直接砸在她头上，离我就这么近！……

停顿。彩云痛苦。

莱　利　别自责。不是你的错。

莱利安慰彩云。

彩　云　就是我的错。假如我没有要换位置，死的就会是我！我才是该死！她那么有才华，我简直一无所长。现在，我一无所有，在这个世界上随风飘摇，没有自己。

丹尼尔，我开始懂了。我命中注定要干这个的，就像天琴命中注定就是要死一样。她死了，就不需要经历这一切。我其实是在用我的生命为她服务。

莱　利　人生要买门票才能入场的，每天都要付费的。

2.21 团圆

面店，打烊的时间，南。最后的客人正在离开。雪莲和如意二正在收拾。

大强上，很浮夸的样子。

大　强 欸你们都在啊?

雪　莲 废话。

大　强 我是刚好在旁边谈了一个大生意，顺路过来看看你们。

雪　莲 大强你不要说那么多废话，想蹭碗面就坐下吧。

大强坐下。

大　强 微辣。

多吉、扎西、十方和JJ上。

J　J 大家请注意!

多　吉 雪莲，大强，这位是我妈，十方。

扎　西 我们找到她了。

雪　莲 (对十方)哎呀，之前我们见过啊，怪不得。原来你是多吉和扎西的妈妈?我太高兴了!他们找你找好久!

十　方 (看着店里)怎么这么多碗面?!天啊，你做了多少碗面啊?全都在这里，堆积成山!那么多碗面!那么多碗!!!

停顿。雪莲和如意二听糊涂了。

对不起，我会看到一些……

多　吉　我们看不到的东西。

雪　莲　阿姨，请坐，喝茶。如意，去把门锁上，今天打烊了不做了。

如意二　干吗？

雪　莲　客人都走了，只剩自己人了，我来给你们做顿好吃的！

众　人　好！

如意二关门，锁门。雪莲倒酒，如意二发酒。

雪　莲　这是我用家族秘方酿的酒。让我们一起举杯！我们大家一起欢迎阿姨加入我们纽约的大家庭。也要祝贺扎西、多吉找到了母亲！

如意二　（要酒）妈！我也要！

雪　莲　你？（想一想）过几年再说！

J　J　我们大家太久没这样在一起了！

雪　莲　我们这群流浪到这儿的人，要常常聚到一起啊！干杯！

众　人　干杯！

众人喝酒。

十　方　（对空气）不行！这个生意不能谈！会把你弄垮的！

大　强　你在跟我说话吗？

雪　莲　你最好听清楚，大强。

十　方　对不起，对不起。

大家开心地笑、喝酒。

2.22 Sandy 与 Andy

晚上的中央公园，流浪猫和流浪狗在抢一个垃圾桶里的食物。扎西与艾玛上。

艾　玛　扎西，我今天一定要能跟动物说话，我知道怎么做！

扎　西　怎么做？

艾　玛　我彻底豁出去了！我要去吃垃圾桶里面的东西！

扎　西　这……不是，你饿的话我可以带你去雪莲那里好好吃碗面。

艾　玛　面是理性的产物。

扎　西　垃圾桶里面所有的东西都是理性的产物，垃圾桶也是理性的产物。

艾　玛　但去吃它就要放弃理性！

扎　西　也对。

艾玛冲向垃圾桶。

艾　玛　（对猫跟狗）你！猫！你！狗！滚开！艾玛来了！

猫跟狗跑开。

他们听到了！他们听懂了！看到没？我开窍了！

扎　西　你大吼大叫吓人家，当然都懂。

艾　玛　不对！我跟他们已经有了心灵上的沟通！我现在要突破自己！（对自己）垃圾桶不脏！垃圾不脏！没有脏或不脏！

艾玛去捞垃圾，捞出一个被吃了一半的三明治。

扎　西　欸艾玛……

艾　玛　我成功了！但我不敢吃！等一下就会鼓起勇气，不对，“鼓起勇气”也是一种概念。对！我现在通了！（对流浪猫）喂！过来！你叫什么名字？你叫 Sandy 是不是？你的朋友叫 Andy 对不对？你们俩可是绝配！

流浪猫、狗不语。

扎　西　哦，艾玛，我不想扫你兴，但是他们不认得你叫的这些名字。

艾　玛　不是吗？他们回应了，我听到了！

扎　西　你没听到，他们刚刚都没说话。（对流浪猫）这位……？

流浪猫　露西。

扎　西　露西，你好。

艾　玛　露西？

扎　西　（对流浪狗）这位……？

流浪狗　我没有名字。

扎　西　啊？你不会是属于那个可怕的“无名帮”？

无　名　正是！

露　西　其实他有名字，叫“露西的狗”。

无　名　去你的！

猫跟狗打起来，扎西笑。

艾　玛　干什么？ Sandy 和 Andy 怎么回事？要乖哦，乖的话老师找好吃的给你们！

无　名　好不好吃不重要。我要随便找点东西，赶快赶上我那些兄弟！

扎　西　啊？你们“无名帮”要去哪儿？

无　名　老大傍晚说了，要我们全部往南撤。

扎　西　啊？什么意思？

艾　玛　我懂了，他想要我手上这个三明治。来！……

扎　西　嘘，艾玛，请不要讲话。（对流浪狗）你们老大决定放弃曼哈顿地盘？

无　名　不是，听说要出事了，老大说躲过风头再回来，不愿意跟着去的就活该。（对流浪猫）就像你，到时候你就知道了！活该！

露　西　到时候你们回来就要看我的脸色！我现在给你们改名字，不叫“无名帮”，以后都叫“全是露西的母狗帮”！

无　名　早就要扁你了！

露　西　你来啊！

猫跟狗又追打起来，跑掉。

艾　玛　Sandy 和 Andy 不要打架啊。

扎　西　（对自己）要出事了……？不会吧。

2.23　地图

下午，没别的客人，如意二在打扫，雪莲工作累了，坐下。大强、多吉和JJ也在。

雪　莲　（叹一口气）每天就这个时间，客人少了，总可以休息一下。

如意二　妈，我明天早上要早一点出门，学校……有一点事……

雪　莲　欸不行，明天早上要做面给莱利先生的公司。

如意二　可是……那我帮你做好就先走喔。

十方到炉灶，努力在做面。雪莲起身帮她。

雪　莲　可以可以，阿姨，你不用费心，我来就好了。

十　方　不是，我需要重新学习这一切。我可以帮我儿子做面……我可以，我不需要人帮忙。

大　强　阿姨，你好好休息吧。

雪　莲　来，我教你，可是……如意，过来帮一下，这汤要换了。阿姨要学做面，等一下晚上的客人也就来了。阿姨，我们要等这边滚了。

如意二把汤锅搬到后面。

十　方　是。等一下，（看炉子边）这里面是什么？

雪　莲　哪里？

十　方　有人放了一个东西……

多吉好像在炉子侧面的洞里也看到了什么。

多　吉　等等，等等，这是什么？

如意二搬一新汤锅进来。

如意，你可以把锅放旁边一下吗？

如意二　什么？

J　J　你看到什么？

多吉把手伸进洞里，掏出一张很旧的纸。

十　方　对，就是这个！

多　吉　好烫！

雪　莲　是保修卡吗？怎么没被烧着？

他们注视着那张纸，都惊呆了。

J　J　是一张地图！

大　强　开玩笑的吧？如意！是不是你……

如意二　不是我弄的！

大　强　雪莲，你这个炉子哪里买的？

雪　莲　太奇怪了，怎么会没有烧起来呢？

多　吉　就是这个，通向隐秘净土的地图。

大　强　多吉，不要再玩了，是你放的。

雪　莲　这怎么可能？

多　吉　妈，你刚看到是谁放的？

十　方　一个人，很久以前的人，淡淡的……

多吉检查那张纸。

大　强　哇！精彩！在一个新炉子里，很久以前的一个淡淡的人放了一张古代的地图！哈哈！

雪　莲　你不要吵。

多　吉　地图出现了！

J　J　问题是，看不懂是指哪里。

多　吉　上面没有任何标识。

大　强　好！就算这一切都合理，它不应该是出现在某个神圣的山洞或者湖里吗？它为什么出现在雪莲位于曼哈顿下东区的面店里？如果我说的不对请你纠正，这个街区以前可遍地都是瘾君子和流浪汉。

J　J　你不应该歧视这种地方的。

大　强　如果你是在探讨“神圣”的定义的话，那还真的可以。

多　吉　心中纯洁就是神圣。

J　J　“神圣与亵渎，一线之隔。”

大　强　我懂我懂，“背靠着背，两个国度……”你翻来覆去地说这句，可以套用到所有事情上去：“面与汤，一线之隔。”“我与发财，一线之隔……”不是，你们都疯了！怎么会把一张炉子边发现的地图当真的？

J　J　讨论净土的时候是不能用一般的逻辑。

大　强　恭喜！JJ，你创造了一种推翻逻辑的逻辑！完美的思路！

请看这张神圣的地图……

大强从多吉手里拿过地图。

多　吉　（把地图正过来）拿反了。

雪　莲　大强，你到底是怎么了？你以前是相信这些的。你发生了什么事？

大　强　我发生了什么事？我来纽约长脑子了！

雪　莲　大强你现在有脑子了，这可新鲜了。少说两句。

大　强　行，你们就按地图走嘛，去休个假嘛。我呢，就在这儿喝茶看报等你们回来。

十方突然看着空气。

十　方　（对她看到的原住民印第安人）哦，酋长大人，您这身打扮真是令人开眼界！这些珠子、羽毛，感谢您为这块土地做的庄严美丽的仪式，谢谢您……这能造福整个莱内普金，带来和平……是的，愿和平长存……

如意二　莱内普金就是印第安人给曼哈顿的名字。

J　J　（对大强）你看！

雪　莲　圣地。

十　方　（恐惧）不要——!! 不要杀他们——！不要杀他们——！只是因为你买了他们的地，不表示你就可以杀人 !! 不——!!!……

J　J　阿姨，休息一下。

JJ 扶十方下。

多　吉　事实上，地图出现了，我们不能休息，必须赶紧弄清它的指示。一旦解出来，必须马上上路。

大　强　这老地图还有过期的标识。有趣。

雪莲把大强直接推出门，他又慢慢回来。

如意二　多吉叔叔，到时候不管怎么样你一定要带我去！妈，拜托，让我去！

雪　莲　你啊，你就和另一个如意一模一样倔强。记不记得我给你讲的那个故事？她本来应该去上学，但她故意误了车，就为了去参加她表姐的婚礼？

如意二　（激动）对！然后她就死了！因为她很倔强，跟我一样。我真开心我的倔强能让你想起她！

雪　莲　到里头去。

如意二　为什么？

雪　莲　因为我现在不想看到你。

如意二　对！你就光想着她！

多　吉　如意！

如意二冲出门，多吉关心地跟出去。

大　强　她说得对，雪莲。你还没有忘记她，还有他。（指着墙上的照片）就那个浑蛋。你知道吗，我最近打听到他的情况了。

雪　莲　你觉得我有兴趣听吗？

大　强　当然有啊！那大家各忙各的幻想吧，没事我走了啊。

停顿。

雪　莲　你听说了什么？

大　强　你不是没兴趣？

雪　莲　我今天这汤现在熬得正是最好的时候，真香啊。

大　强　我就这么廉价？一碗汤就能买通我？好吧。

雪莲舀汤给大强。

你记不记得跟他一块儿跑了的那个女的？她叫什么来着？做得一手好菜，也懂得做生意。

多吉、十方、如意二又绕了回来，听。

雪　莲　美玲。

大　强　对，我就看你记不记得。她当时打算把阿福送进娱乐圈发展。开始有那么一点儿起色，但最后阿福还是没混出来。

雪　莲　我警告过他的，他要是离开就会失去灵魂。

大　强　嗐，他失去的可不止灵魂。我听说他对美玲是动了真情，但没几年以后，美玲就把他踹了，跟另一个男人跑了。

如意二　现世报！

大　强　为了报复，阿福就和另一个随便认识的女孩在一起了，这女孩等于成了阿福和美玲感情破灭的受害者。他们好像还有孩子。我知道的就这么多。

雪　莲　他现在在哪儿？

大　强　肯定在什么地方过着快乐美好的日子吧。也许他就在多吉说的那个净土呢。你照那个地图就可以找到他。

2.24 基拉戈与伯克郡

扎西、艾玛走到纽约南街海港，扎西心情紧张。

艾 玛 扎西，我们来这儿干吗？我们要打听什么消息？

扎 西 奇怪，都没看到流浪狗。南街海港一般是打听消息最好的地方。

艾 玛 不用听消息！感觉就好了！

扎 西 不是，我担心要出事了……跟十年前一样……

之前的两只下水道老鼠，哈利和琳达上，他们拖着一个装得很满的大帆布包，衣着看上去很适合长途旅行，但那个大包让他们看上去像是逃荒的难民。

欸哈利，琳达。

哈 利 欸，扎西，怎么样？抱歉，没时间跟你多说。

扎 西 你们怎么那么急？而且，我怎么只看到你们俩？别的老鼠呢？

琳 达 （对哈利）跟你说晚了，大家都走了，你就不肯出门！

哈 利 什么我不肯出门？谁在那边看电视？

琳 达 我看电视是在等你！

艾 玛 他们在说什么？我一句都听不懂！

扎 西 嘘，很重要。（对老鼠）你们要赶去哪里？

哈利、琳达 （同时）基拉戈/伯克郡。

扎　西 啊？

哈利、琳达 （同时）基拉戈/伯克郡。

琳　达 哈利，你明明知道我这辈子不会再去基拉戈！

哈　利 那我就得跟你讲讲道理了。

琳　达 讲什么道理？我不可能和你那表哥里加待在一个屋檐下。

哈　利 我表哥里加怎么啦？

琳　达 他是只恶心的鼠辈！

哈　利 哦，那你伯克郡的姨妈就不是啦？

琳　达 现在是去伯克郡的最好季节，再过几个礼拜就能看到漫山红叶。

哈　利 然后呢？

琳　达 什么然后？然后你就看红叶啊。

哈　利 然后呢？

琳　达 什么然后？

哈　利 然后红叶落了就是冬天了！你想留在伯克郡过冬而不愿意躺在基拉戈海边沙滩上做太阳浴?!别怪我说话难听，那简直就是……

琳　达 你说呀。

哈　利 我就不说！

琳　达 话都到你嘴边了，就说出来！

哈　利　我才不上当和你吵架呢！咱们坐下一班去皇后区的渡轮，然后坐下一班从拉瓜迪亚起飞到基拉戈的航班！

琳　达　不！我们坐地铁去宾夕法尼亚车站！

哈　利　行。那你去宾夕法尼亚车站，我去拉瓜迪亚机场！

琳　达　那谁拎包？你要一路拎着包去基拉戈？别怪我说话难听，但你根本就没那个体力。

哈　利　包给你。这破包那么丑，打死我都不愿意让人看见我拖着那破玩意儿。

琳　达　要是我没记错的话，那破玩意儿还是你买的。

哈　利　我才不会买这么丑的破烂。

琳　达　这个破烂里可装着我们的全部家当。

哈　利　去基拉戈。

扎　西　打住，两位，到底怎么回事？

哈　利　扎西，你听到我们说这些，是因为你刚好走运，挡我们路。

琳　达　你就听我一句话，扎西，赶紧离开纽约。

扎　西　为什么？

哈　利　你没听说过？老鼠弃船的时候，船就要沉了！

扎　西　（恐惧）天哪，就跟十年前一样！

艾　玛　怎么了？

琳　达　还不走，你难道没看见蚂蚁吗？全体迁移了。

哈　利　走吧，扎西！（对琳达）来，说说道理，咱们在基拉戈和伯克郡之间找个地方去吧。

琳　达　行。两个地方中间是哪儿？

哈　利　纽约。

哈利和琳达下。

扎　西　再……见……艾玛，不好了，他们都向外迁移了！

几只蚂蚁上，觅食，找到后很快藏起来一些。

艾　玛　蚂蚁。

扎　西　喂，大伙儿，慢点儿。喂，你们是我今天见到的第一批蚂蚁，老鼠们说你们已经离开了。到底发生什么事？喂，跟我说说啊，大伙儿！你们要去哪儿？到底怎么回事？

蚂蚁们不吭声，继续觅食。

在山里，动物们至少会试着警告人类，告诉他们灾难要降临了，那可不是闹着玩的，可你们看起来好像根本无所谓！

蚂蚁们停下，他们转身对扎西。

蚂蚁一　你。

蚂蚁二　们。

蚂蚁三　该。

蚂蚁四　离。

蚂蚁五　开。

蚂蚁一　这。

蚂蚁二　里。

蚂蚁三 嗯。

蚂蚁四 赶。

蚂蚁五 快。

蚂蚁一 走。

蚂蚁二 吧。

蚂蚁三 嗯。

蚂蚁们下。

扎　西 艾玛，艾玛……不好了，我们必须走。

艾　玛 走！走！……

扎西拉艾玛开始跑。

2.25 警告

华尔街，晚上。行人绕行，扎西、艾玛边跑边对路人喊叫，试图警告人们，让他们离开。

扎　西　老鼠弃船了！蚂蚁向北去了！人类啊！人类，听我一句！现在就走!!

路　人　神经病！

艾　玛　赶快走！你们必须离开！

扎　西　大事马上就要发生了，快快离开这个地方！

艾　玛　要马上撤离！马上撤离!!……

路人把艾玛推倒在地。

路　人　神经病！

扎　西　怎么了，艾玛？

艾　玛　不对，这都不对。

扎　西　怎么了？

艾　玛　抱歉，扎西，我突然看清楚了，这都不对……我没有感觉了。扎西，我累了。

扎　西　艾玛，你不能因为累了就放弃。

艾　玛　不知道。我需要……想一想。不对，我需要……感受一下。我需要喝杯咖啡，我累了。

艾玛走反方向。

我觉得垃圾好脏，我觉得动物好臭。我累了。

扎　西　艾玛……艾玛……我必须先往前，继续警告世人。你保重，艾玛。

扎西继续往前走。

赶快撤！必须离开！大事就要发生了！……

路　人　神经病。

2.26 外卖

9月11日早上8点，面店里，雪莲和如意二正在准备莱利订的那二十碗面。大强在桌上睡着了。

时间和偶然开始环绕观众行走。

雪　莲　如意，放了筷子没有？

如意二　妈，我知道怎么做。

雪　莲　放二十二双。不怕多，只怕少。

如意二　知道啦！

雪　莲　奇怪，阿红应该早就到了。

如意二　没看到。

雪　莲　辣椒要另外分开装……

如意二　妈……我知道。

雪　莲　知道就做吧，我们给莱利先生办事要保证不出一点差错。

雪莲打电话。

喂小红接电话啊，我在等你外送！（挂）真靠不住！看看还有谁……试试小蓝吧。（拨号，对电话）小蓝也不接电话啊！

雪莲挂电话，推了推睡着的大强。

大强！你个窝囊废，紧要关头，你能不能发挥一点作用啊？

呃，他身上好臭。他干吗了？

如意二 妈，昨晚他把你那一坛酒全部偷偷喝完了。

雪　莲 大强！请你强大起来，大强！

停顿。

永远这么没用。来不及了！东西都齐了吗？

如意二 齐了，妈。

雪　莲 几袋？四袋？来，咱们自己也能送。如意，你去外面叫辆出租车。

如意二 可是我要……

雪　莲 要什么？

如意二 算了，随便。

二人往下。

雪　莲 （对大强）大强！帮忙看店！

2.27 旅行团

2001年9月11日早上8点15分，JJ正带着一队游客走进世贸大厦。她向游客介绍这个地标建筑。

时间和偶然继续环绕行走。

J　J　……我们到了。世贸双子塔。你们现在就站在已知宇宙的中心点！两座塔分别高417米和415米，都是110层，是纽约最高的建筑。世界上一些最有权势的人正在这个时间点来上班。来，这个位置好，我给大家照一张集体照。

游客聚在一起拍照。

好，茄子！（按快门声）

游客一　今天为什么换人了？

J　J　喔，今天Tina不舒服，我是他们合作的旅行社“废墟之旅”的JJ，代班的。（指）大家待会儿从那边乘坐直达电梯到顶层，我推荐大家去“世界之窗”餐厅吃早餐。有多少人要吃早餐？

一些游客举手。

好的，祝你们用餐愉快。其他人可以在观景台上极目远眺，一饱眼福。大家这边请。

游客一　你不跟我们来吗？

J　　J　我也想，但我要在这儿等大巴。

游客二　我们几点集合？

J　　J　9 点 55 准时集合。

游客三　在哪里？

J　　J　就在这儿。大巴会在 9 点 59 分准时到达，我们要迅速上车，然后接着一天的美妙旅程。

游客们　耶 !!（对游客四）欸走啊！

游客四　我不走。

游客一　干吗？

游客四　我不去。

游客二　他怕高。

游客四　不是，我……

游客一　走吧，不理他。

J　　J　大巴待会儿才到，到旁边休息一下。

游客们下，除了游客四。

2.28 客房服务

同一时间，万豪酒店套房，彩云坐在一把椅子上，穿着莱利的衬衣，看着还在睡梦中的莱利。

爵士乐闹钟响，莱利醒来。

莱　利　我闹钟呢？彩云你把我闹钟放哪儿去了？

莱利找到并关掉闹钟，看到彩云正盯着自己看。

你坐在那边看我看了多久？

彩　云　一会儿了。

莱　利　你穿我衬衣干吗？

彩　云　我听说这样男人看了会兴奋。

莱　利　你认真的？我？

彩　云　感觉如何？

莱　利　很好，很性感，可以吧？好了，哇，要迟到了！把衣服给我，我得走了！真的！赶快过了这两天，然后带你离开这儿。

莱利丢钱包给她。

彩　云　哎，不是啦……说的那些都不会实现的。

莱　利　怎么不会？你现在就去刷卡买机票，就实现了！

莱利拿起电话，叫客房订餐服务。

莱　利（对电话）喂……这是2001号房。可以给我送点早餐吗？

彩　云　等一下你上你的班，我回我皇后区的小房间，继续面对那些体味、口臭。不会有任何的改变。

莱　利　（对电话）两份欧式早餐，一壶咖啡，一壶茶。咖啡里加豆奶……

彩　云　丹尼尔，我以后不想再来这儿了。

莱　利　（盖住电话听筒）怎么了？是不是发生了什么事？

彩　云　没有发生什么事，就是和你在一起太好了。说实话，我每星期来这里一次很痛苦。因为……我不该得到这些。

莱　利　别说这些，我们先吃点东西。（对电话）一份全麦面包，一份丹麦就行。欸等一下，（对彩云）你想要丹麦还是玛芬？

彩　云　如果我是注定要在地狱，那就不要让我每周一晚上来天堂。

莱　利　（对电话）那就换成全谷物的玛芬。可以。哦还有，我想要一大壶鲜榨柚子汁，麻烦尽快。什么？要半小时？行吧。请快一点。

莱利挂电话。停顿。

我们可不可以今天先不说这些？

彩　云　对不起。

莱利看向躺在床上的彩云。

莱　利　好啦。我的衬衣！

彩　云　你自己来取啊。

两人顽皮地互相追逐。

2.29 咖啡

时间和偶然继续环绕行走。

同一时间，在世贸中心双子星外面地面上的咖啡屋，多吉带着一杯咖啡给十方，然后帮她把眼罩取下来。

多 吉 妈，你一直想来一个人最多、最复杂的地方，今天我们带你来文明最高表现的地方，看看你能不能受得了。如果能，你一定算过关了！

十 方 （紧张地四处张望）不，别开心得太早。别接受那份工作！你不会快乐的……

多 吉 没事的，妈，放轻松。

十 方 不，不要骗那些投资者，那样不好……你在害人们亏钱!!……不可以!!

多吉唱歌给十方听，十方安静下来。

多 吉 （小声地唱）在七彩瀑布的背后，

山中一个无形的门会打开……

艾玛上，眼神有些恍惚。

伍兹教授，你没事吧？你……

艾 玛 没事，没事。我在感受，我一个晚上在附近走，现在来喝杯咖啡。

多　吉　没问题，你坐下，我帮你去买去。

艾玛走向垃圾桶。

艾　玛　不用买，垃圾桶就有。不对，垃圾很脏。对……

艾玛停止。

哦，不对。好。

多吉去帮艾玛买一杯咖啡。

2.30 相会

雪莲和如意二搬着两大箱面在电梯里。电梯里的其他人都穿着干练的商务西装，有些人看看雪莲和如意二，再看看面，有些人沉浸在自己的心事里。

时间和偶然继续环绕行走。

如意二 哇，我还从没坐过这样的电梯！

乘客一 这是什么？

乘客二 好重的味道，是什么？

雪　莲 汤面。

乘客一 早餐吃面？

雪　莲 是的。

乘客二 味道真的挺冲。

雪　莲 不好意思。

如意二 不好意思。

乘客二 不是，我意思是……不是有货梯吗？

雪　莲 抱歉，我们很着急。对不起。

如意二 对不起。

乘客二 受不了了真是。

铃声，电梯门开了。两个电梯客下。

乘客三 味真的很重。

如意二 妈，我们快走。

雪　莲 到啦？

如意二拉雪莲下，电梯门关上。她们的汤从打包袋里漏出来。

如意，跟你说过了，要套两层袋子的！

如意二 对不起，妈……

一位保洁阿姨过来帮忙。

雪　莲 太谢谢你了。我们在找一家律所，名字是……

如意二 不是，妈……

保　洁 这一层没有律所，88 层没有律所。

雪　莲 88 层？我们下来干吗！我们要去 100 层！

如意二 不是，妈，我想赶快先下。

雪　莲 急死了！好了好了，算了，下一班下一班。

她们又回到电梯，按钮，等电梯。

万豪酒店套房，同时。

莱　利 （拨电话）喂，订餐服务吗？……喂？我们的早餐怎么还没到？……

世贸中心大堂，同时。

J　J （对电话）你就不要和我说这些，9 点 59 分准时到就对了。我们团会准时等着你的……！

世贸中心咖啡屋，同时。

十　方　不，真的，多吉，我现在好多了。我更坚强了。我看得到这两栋楼里曾经发生过的所有事情，而且是同时发生！而且哇——!! 他们……他们为什么都在做自己会后悔的事？为什么？没事，我越来越好……

世贸中心 88 层电梯口，同时。

如意二　妈……我想跟你说，对不起。我这阵子态度很差，那是因为……我喜欢上一个男孩。

雪　莲　啊？……怎么这时候才说出来？

如意二　不知道，妈，我突然想和你说一声而已。

雪　莲　你谈恋爱了？

如意二　没有，我也不知道他喜不喜欢我，但他昨天有找我说话……

雪　莲　没事，孩子，我们等一下回去再谈，现在要专心把彩云的事办好！

世贸中心大堂，同时。

J　J　不行，那一条是单行，你还是绕一下……

万豪酒店套房，同时。

茱　利　（对电话）还要几分钟？……

世贸中心咖啡屋，同时。

十　方　（抬头）喔 !! 喔——！你们看到了吗？

多　吉　是现在还是之前？

十　方　我说不清。不！别！求你了！跑！跑啊！……

艾　玛　不跑，我需要感受，我需要想，我需要再一杯咖啡……

十　方　快跑！所有人快跑！

88楼，一声撞击造成的巨响。

雪　莲　怎么回事？如意？

如意二　妈……这……

雪　莲　不是吧，又来了！

如意二　又来什么？妈！

楼里警报响起，雪莲吓得呆住了，动弹不得。

在大楼一层，JJ在打电话。

J　J　等等，怎么回事？

办公人员一　请大家排队，往出口下楼。不要用电梯，不要用电梯。

办公人员二　到底发生了什么事？

JJ抬头看，一片骚乱。

万豪酒店的套间里，彩云看窗外。

彩　云　丹尼尔，好像出事了。那边，有人在跑。丹尼尔，咱们得走了。

莱　利　搞什么……？

世贸中心咖啡屋。

多　吉　艾玛，赶快走！走！妈……快走！

以下几处同时发生。

大楼88层，如意二抓住雪莲。

如意二　妈，赶快走了！

雪莲手里抓着面不放。

雪　莲　但还没有送到……

如意二　快跑！

雪　莲　我们要往上，往上……！

如意二　妈！快啊！往下跑！

人们从她们身边跑过，有游客、电梯乘客、前台接待、保洁阿姨、办公室职员……

雪　莲　莱利先生交代的面……彩云……

如意二　妈！快放下!! 快跑!!

职　员　依次照顺序疏散，大家注意秩序。

如意二一把抓过雪莲的外卖箱，扔到地上。她们像其他人一样开始逃跑。

JJ 在一层也准备逃离。

再一声撞击，所有人在跑，尖叫、杂声、灯光，一片混乱。

声音变得渐远，灯光渐暗，人群也变得遥远。只有为数不多的人还在奔逃。

最后一批人从大楼里跑出来。

时间和偶然继续环绕行走。

尖叫、杂声、灯光均渐弱至消失。

静默。

第二乐章结束。

- 第三乐章 -　净土

3.1　圆环

纽约市的街道，行人在慢动作中上台，环绕行走。人群中有造型怪异的人也在行走。

JJ 从人群中出来，对观众说话。

多吉、十方、扎西和艾玛缓慢地环绕行走。

J　J（对观众）距离那改变一切的一天已经过了好多年。对于我们活下来的这些人来说，日子多么不容易过下去，多么不容易恢复所谓正常。在天崩地裂的那一天，袭击发生的时候，雪莲和如意还在北楼的 88 层。在如意不断的大声呼喊下，雪莲终于回过神来，把外卖的面全扔在脚下，从浓烟中下了 88 层楼跑了出来。如意让妈妈顺着唯一还通的楼梯逃了出来，但就在她把雪莲推进楼梯间的一瞬间，自己的路却被堵死了。她没有出来。多吉、十方和艾玛狂奔出世贸楼，受了轻伤。就像山上地震过后一样，多吉勇敢地冲回现场，竭尽所能地救难。

彩云出现，她衣衫不整，披着一条毯子，环绕行走，陪同她的是一名消防员和一名医护人员。

在世贸中心 3 号楼里，就在丹尼尔和彩云正准备逃离酒店的时候，世贸中心北塔直接坍塌在酒店上方，丹尼尔当场死亡，离彩云只有半步之隔。彩云被埋在废墟下，一度以为自己已经死了，但一位消防员把她从乱石瓦砾中救了出来。照当天的指令，所有伤者一律送出曼哈顿。彩云被送上一艘船，开往埃利斯岛。她站在甲板上，耳朵听不见任何东西，看着无数新移民进美国时曾经通过的建筑，看着从眼前飞过的自由女神，回头一望，看到倒塌后烟雾弥漫的双子星。她摸着自己的四肢，不但发现没有受太大的伤，更惊讶的是，她还穿着丹尼尔的衬衫，同时，手上还紧握着他的皮夹。下船后本来要被送到一所位于新泽西的医院，但彩云在混乱中偷偷跑了。她又没有身份证件，立刻消失，按摩院一定当她死了。她坐上一辆灰狗巴士一路向西开，一直开，再也没有音信。她一路想着家乡、山上、一路来的路途。

小片段展示裹着毯子的彩云目睹世贸中心的毁灭，以及登上灰狗巴士的情景。

面店里，大强还在9月10日他睡着的那张桌子上睡觉。他从睡梦中醒来，抬头看，然后离开面店，走进环形舞台。

那天，全纽约大概只有一个人睡到下午才醒。大约两三点钟，大强在和煦的阳光中醒过来，对所发生的事情一无所知。

扎西躺在路边，睡着了。JJ继续说话。

奔波一夜，只得到挞伐的扎西，天亮在路边倒下，睡着。

之前见到他的警察把他抓起来了，认为他有嫌疑，怎么会知道要发生什么事？

一位警察把扎西摇醒，带走。
扎西一人被囚禁在一个黑暗的小房间里。

扎西被关进了看守所，我们都找不到他。他不断重复他的信息来自各种动物，检察官认为他说的都是密码。可怜的扎西在看守所受了什么苦，我们都不知道，但过了一段时间，艾玛还是找到了他。艾玛和我说他出来的时候，像受了极大惊吓的小动物。

艾玛来把扎西保出监狱。扎西像一个受伤的动物，抱着艾玛不放。
JJ 继续说话，缓缓绕场。

扎西搬进了艾玛格林尼治村的公寓，他们两个的关系又升华了。艾玛那一段时间像是从一场短梦中醒来，恢复教授身份。艾玛带他做心理治疗，同时，在艾玛的鼓励之下，扎西开始念书，攻学位。虽然他碰到动物，动物都会跟他说话，但他越来越觉得那是他脑子里的一些声音而已。
我自己那天活了下来，但我带的团在楼顶上无一幸免，除了因恐高而不敢上去的那一位。其实那天那个团本来不是我要带的，我好奇为什么要帮朋友的旅行社。本来可以满足客户的要求，让他们那天去购物，但还是太自以为是。事发后我拼命到处打电话，一通都没通。我在雪一样的尘埃中漫步，每走一步，都看到自己的足迹印在地上。我一边在一家希腊餐厅当服务生，一边写小说，写的是一个女人先经历了大山里的地震，又在纽约恐怖袭击中生还的故事，后来她在一家希腊餐厅打工。大家都说这个故事绝对可以改编成一部很精彩的电影，我还找到一家有兴趣的小出版社，但我怎么也想不出结尾。

多吉在时代广场低头祈祷。

多　吉　（小声，对自己）愿我得到加持，能够看明白地图上的指示……

J　J　多吉继续替人修房子，接一些打杂的零活，但他主要的工作还是在解那张地图。他四处游走，寻找线索，不时还会去时代广场分享他脑海中显现的净土景象。去广场的人似乎少了。我在他的歌声中听到一种更悲凉的感觉，却又更急切……

多吉开口吟唱。他的风格又变了，先知在一旁说风凉话。

多　吉　（唱）我走得好累，走得好苦……

先　知　没错！苦得很啊！

多　吉　（唱）听说有个净土，

一个纯净的圣地……

先　知　叫作楞西亚星！

多　吉　（唱）那里可以洗涤我疲惫的灵魂。

先　知　没错！还可以洗脚，做脚底按摩！

多　吉　（唱）在那里，万事万物都在美丽的和谐中融为一体……

先　知　赶快报名！我们很快就要出发了！

多　吉　（唱）融为一体……

3.2　皇后区

JJ 对观众说话。面店改了招牌，感觉有些不同，但生意依旧红火。

大强和新来的女服务员米歇尔在招待客人。

JJ 对观众说话。两位顾客上。

J　J　一段时间之后，雪莲重启了自己的生活。她的视力在那天的浓烟中严重受损，也因此，她的眼睛里总含着泪水。面店的生意一直很好，为雪莲奠定了坚实的经济基础。她银行里有一笔颇为丰厚的存款，但她不是很在乎这些。在一个偶然的机会之下，她买了一整栋皇后区被法院拍卖的房产，就是彩云住了多年的按摩院。面店也搬到那边去了，改名为"如意面馆"。

又两位顾客上。

顾客五　哎，你搬到这儿，找死我了。

顾客四　就是，好远啊。

顾客五　找到就好了。

J　J　她自己住在楼上，让那栋楼永远无法再经营那种生意，算是为彩云报仇。

雪莲为顾客一上面。

顾客二　欸，如意去哪儿了？好一阵子没见她了，应该上大学了吧，啊？

大强用胳膊肘怼了一下顾客二。

雪　莲　不要放太多，你们这样吃要把我辣椒吃光！

顾客一放很多辣椒，雪莲眼眶湿润。

顾客一　那也只能怪你，太好吃了！哎哟，你怎么啦？被辣椒呛到的是我欸！

雪　莲　不要紧。我眼睛有点毛病，那次被熏了以后，每次我……咳，可能我生来就是要天天掉泪吧！

顾客一　祝福你，雪莲。

J　J　在面店里，雪莲雇了一位纽约大学的学生帮她忙，有时候好像永远在漂泊的大强也会过来帮帮忙，在他小生意出危机时，总是雪莲帮他出钱解危，他心中仍存感激。

雪　莲　大强，你今天什么好心情？到这儿来，还帮忙？

大　强　唉。

雪　莲　又躲债？需不需要警告客人，等一会儿有人带枪来讨债？

大　强　哎呀雪莲你不能就接受一个单纯的善意的举动吗？

雪　莲　你？你？

大　强　嗐，我……我……

雪　莲　吃面。

雪莲端一碗面给大强吃。

大　强　欸好。

大强吃面。

雪　莲　如意，这几碗是给 2 号桌的……还有帮他们开一瓶红酒。

米歇尔　米歇尔。

雪　莲　对不起，米歇尔。我的眼睛，真是要命。

米歇尔　不要紧。

J　J　（对观众）虽然已经过了好多年，但雪莲有时候还是会不由自主地把米歇尔叫成如意。她开玩笑说都怪自己眼睛不好。每周六晚，雪莲都会请来少数民族歌手为顾客献唱，但好像只有她一个人在听。

一位少数民族歌手在面店角落准备好，开始演唱一首民歌。

歌　手　（唱）高山上阳光普照，
好山好水让我们心中，
充满欢喜。

雪　莲　大强，原来你是选中今天礼拜六晚上过来听歌，不错！很会盘算！

大强竖起耳朵听。

大　强　欸，谁要听这种音乐？

雪　莲　你不怀念我们村里的歌声吗？而且你不认为这歌声会给店里带来多一种感觉吗？

大　强　人家来店里是为了吃面，才不要听歌。所以说，雪莲，你生意虽然好，但这还不表示你懂生意！

雪　莲　对对，你最懂！每一次做垮生意，每一次学习。

大　强　我是大强，我是强大的营销专家好吧？咱们店没必要请这种二流歌手！

歌　手　喂，我能听见你们说话。

大　强　我们雇你来不是让你听也不是让你说。唱歌！

雪　莲　你吃你的面！

大　强　雪莲，我挺担心的。是我想多了，还是你真的还放不下那浑蛋阿福？

雪　莲　谁？哦，我已经好多年没听到那个名字了，我也不想听。

大　强　不是，我说……

米歇尔不小心把面打翻到地上，小乱。

雪　莲　不好意思不好意思。

顾客四　搞什么东西啊 ?!!

米歇尔　我来收拾！我来收拾！

大强忙打扫，米歇尔也过来帮忙。

那位歌手变成了阿福，阿福唱起第一乐章中的那首歌。

阿　福　（唱）圣洁的山顶，

在阳光下放光明。

雪　莲　阿福？真的是你吗？

大　强　啊？

顾客四　怎么回事啊？

米歇尔 真抱歉，真抱歉。

阿　福 （唱）温暖了我的心，

无私地奉献给你……

雪莲吃惊地看着阿福。

雪　莲 你都去哪里了？你……

阿福消失了，刚才的那位歌手又回来了。

顾客四 你们这什么情况？我没胃口了！你再做三碗我也不要！

大　强 不是跟你说对不起了吗?!那你要怎么样，你到底要怎么样?!

顾客四 你这什么店！（拍桌子）排半个钟头才吃到！什么玩意！

大　强 什么玩意?!你现在给我出去！

顾客五 找了两个小时！再也不来了！

雪莲看着在弹唱的歌手。

3.3 新研究

十方坐在艾玛位于哥伦比亚大学的办公室中，艾玛的助理坐在桌前打字。十方拿着一本书《与动物说话》看，不时抬头，看虚空。

十　方　这本书写我儿子，很畅销欸。

艾　玛　还不错。

十　方　他变得很有名，你也是。

艾　玛　还好。

十　方　那你下一本是不是想写我？

艾　玛　呃，也不是……今天就问你一些问题，放轻松。

十　方　你不相信我们，为什么还要研究？

艾　玛　我不是不相信你们，我是相信科学。

十　方　你也希望扎西跟你一样，拿一个博士学位，只相信科学。

扎西上，在一旁观察。他整个像是变了一个人，穿了一套整齐的休闲西装，戴着眼镜，头发也整齐了。

艾　玛　没有，我希望他得到自己的结论。

十　方　根据你的假想。

艾　玛　来，我想听你说，你在我这里看到什么？

十　方　我能看到什么，对你没有任何影响。就像你脑子里怎么想，也没办法影响我。

艾　玛　总是好奇嘛。说说。

十　方　这是新楼，除了有鸟飞过，我只看到你。

艾　玛　啊？

十　方　（指）你在这里，你在这里，在那里……

艾　玛　显而易见。

十　方　（指）欸，你怎么在哭啊？你怎么总在哭啊？你老是站在这个位置哭。不要难过嘛，什么事都能解决。

艾　玛　你不知道，这么长久的问题，是解决不了的。

十　方　再长久，过去了就是过去了。我儿子每天都跟我说，不要紧，都是过去，都是曾经。（起身）不打扰了。

艾　玛　啊？

扎　西　妈，不坐一下？

十方下。

3.4 目标楞西亚

时代广场，下午，多吉唱着净土的歌，JJ 在一旁。乐手在弹奏。

多　吉　（唱）心中无垢，净土现形——

七彩瀑布，天降甘露——

先知拖着一小件行李，上。他显得很谦卑，没有了平日的张扬。多吉安静下来。

J　J　嗨，先知，你今天是……？

先　知　因为过了月底，这个地球就没有了。对你们两位，我会很不舍。我知道我们以前在这里争地盘……

多　吉　没有人跟你争。

（唱）生命带来的风暴，在此得到庇护——

心中的苦难，在此得到抚慰!!

先　知　反正曾经是竞争对手，不再是了。今晚，我们就要往楞西亚星去了。

多　吉　今天就去？

J　J　你就带这么一点行李去楞西亚星？

先　知　对啊，每人规定只带一件随身行李。

J　J　接驳点是……？

先　知　本来楞西亚人计划要在双子星楼顶上办一个盛大的出发仪

式，全球转播。这计划当然要改变，所以现在的消息是他们会直接降到泽西市的一片小学操场上。我的一百名追随者今晚都会在那里集合。你们确定不要来吗？还有机会，我可以把你们加到候补名单上。

多吉与先知握手。

多　吉　先知，今天就是我们分道扬镳的日子。祝你好运。

先　知　在楞西亚星上的人们不需要运气。

多　吉　是，理解。

J　J　可是，先知，为什么我今天感觉到你身上多了一丝……惆怅，还是怀疑呢？发生了什么变化吗？

先　知　没有没有，我的信心一如既往！只是我现在脑子里好多事，烦死了！我那一百名兄弟姐妹还要安排太空船上的座位，谁坐窗，谁坐走道，有些人还想多带几件行李……我的妈！JJ，你带团带多了，应该跟我们去，你可以帮我。

J　J　（笑）那就以后再说吧！欸奇怪，你那个小雪球不带去吗？

先　知　（拿出雪球）怎么不带去？当然要带去！不过到了楞西亚星就用不着，我就会把它放在出发的小学操场中间！

先知对着西北方，遥望天空。

朋友，两周以后注意看西北方的夜空，你会看到一颗明亮的星星闪耀着，那就代表我们到了。

多　吉　嗯，那好。

先　知　当地球毁灭的那一天，我会从楞西亚星上往天空看，为你们祷告。希望你会是灾难后的幸存者。

先知往下，二人向他招手。

J　J　再会，朋友……

多　吉　如果……我知道你不想听这话，而且你也不会失败，但万一有什么差错，欢迎跟我们去净土。

先知回头。

先　知　我去！

先知下。

3.5 纽约市立图书馆

纽约市立图书馆的地图室，多吉带着 JJ、十方入。十方蒙着眼。

十　方　这是什么地方？

多　吉　妈，这是图书馆。

J　J　纽约市立图书馆。

十　方　好大。

J　J　对。

十　方　我可以看吗？

多　吉　问题不大。拿掉吧，小声点。

十方把眼罩摘下。

慢点。应该没事吧？

十　方　没事，没事，非常安静。好多人在看书。

J　J　对，现在很多人在看书。

十方看到奇怪的现象。

十　方　不可以！不可以偷书！

多　吉　妈，不要看那边。过去了，过去了……这里，看地图。

十　方　好多地图，好多地图！怎么这么多地图？

管理员　是，我们馆藏四十多万张地图。

J　J　哦不是那个意思。

多　吉　是，没事。

十　方　我们要到地图室做什么？

多　吉　我们的地图这么久没有进展，我今天有一个灵感，这里有很多亚洲的老地图，我想看一看，尤其是喜马拉雅山区。

多吉和 JJ 到柜台，申请看一下放在后面的一些老地图。十方在旁边游走，看着虚空。

管理员拿出几张地图给他们。

管理员　可能你们找的是这一张吧？这是 19 世纪探险家画的，喜马拉雅山区。

多吉和 JJ 看地图，比照自己手上的图。

你们那也是老地图吗？

多　吉　是。

J　J　啊，不是，不算。

管理员　哦。

多　吉　（看完）这些对我们没有什么意义。走吧？还有没有别的？

管理员　还有这三张，你们都可以看。我们馆藏大部分都是属于纽约的地图，你们要找的东西比较特殊。

十　方　还有。

多　吉　什么？

十　方　还有一张。

多　吉　在哪里？

十　方　在柜子上面。

多　吉　哦，不好意思，能不能再帮我找一张？

管理员　没有了，全部给你了。

J　J　能不能看一看？

多　吉　（对十方）妈，哪里？

十方指着柜子上方的一个角落。

J　J　请你帮我在上面找一下可以吗？

管理员　上面？那是小亚细亚的地图，不同的。

J　J　不是，最上面。

管理员　这……？

管理员找柜子上方，居然找出一张地图。

欸？真的有！你们怎么知道这里会有一张喜马拉雅山区的地图？

管理员拿地图给他们，多吉和JJ认真地看。

对了，我想起来了，这一张在目录里有，说是遗失了。

多　吉　一定是被放错了。

J　J　对，放错了，就归不了档。

管理员　等一下，我需要登记一下。

十　方　不要怪他，他手上一大叠资料，暂时把一些放在上面，急着去吃中饭了，漏拿了……

管理员　啊？谁啊？

多　吉　没有。

管理员把地图交还给多吉。

管理员　你们可以去那儿看。

多　吉　来看看。

多吉和JJ研究地图，并拿出净土的地图做对比。

你看，好像比例是相同的！

J　J　这个曲线好像吻合。

多　吉　不是好像吻合，完全吻合！这是……这是……

J　J　这是今日的锡金。这是干城章嘉峰！

多　吉　妈，我们找到了净土的位置！

十　方　小声一点。

多　吉　对不起。

J　J　可以复印一张？

管理员　可以。

管理员帮忙复印，十方又看着虚空。

十　方　你，不可以！

多　吉　妈，别看了，看过了。

十　方　不是，他来两遍，偷两遍。

管理员拿复印的地图给JJ。

管理员　什么？

J　J　没事，谢谢。

3.6 大幻象

一间电视演播厅，一档脱口秀的主持人正在介绍艾玛和扎西。

主持人 欢迎回到节目中来。伍兹教授……

艾　玛 叫我艾玛就好。

主持人 艾玛，你这本《与动物交谈》的畅销书简直精彩极了，让我的人生观都起了变化！那么这位就是著名的扎西先生了！他这么忙着上各种节目，实在感谢二位抽空来我们节目！女士们先生们，欢迎这位能够和动物交谈的人类——扎西！

助理举牌，观众鼓掌。

艾　玛 其实我书的内容一直在提醒，他是否能真的跟动物交谈还无法得到科学的证明。

主持人 你不信？

艾　玛 我相信科学。

主持人 好！我可以跟他说话吗？

艾　玛 当然。

主持人 那需不需要学狗叫？哈哈！这是属于人类的幽默！

停顿。助理举牌，观众笑。

艾　玛 其实，扎西最近成了博士学位的候选人。他自己也在研究。

主持人 动物语言学吗？哈哈！

助理举牌，观众笑。

扎　西　其实是文化人类学。

主持人　好，我还是控制自己动物的本能哈哈哈！好的！那么扎西，你真的能和动物交谈？那是一种什么样的感觉？

扎　西　感觉就是……就像和你说话一样。不过……

主持人　哎哟我天，我是不是应该感觉到被羞辱呀？你是说我是个动物吗？

助理举牌，观众笑。

艾　玛　请不要按字面意思理解。

主持人　哈哈哈乐死我！不过扎西，究竟怎样才能证明呢？我也可以自称我有特异功能，能和椅子交谈，你怎么证明我不能？（对椅子）喂，椅子，近来可好？伍兹教授坐在你身上你什么感觉呀？（对扎西）椅子说他感觉很爽啊！（笑）因为如果是我我也会觉得很爽，哈哈哈你怎么证明我在胡说？

助理举牌，观众笑，然后鼓掌。

扎　西　我没法证明。也正因此，我想借这个机会对全国的电视观众宣布一件事。我是假的。

沉默。助理举牌，观众哗然。

主持人　什么？

扎　西　我是假的，我是个货真价实的冒牌货。这么多年过去，我终于能得出这个结论了。

主持人 你是认真的吗？观众朋友们，千万不要走开哦，这简直太精彩了。

扎 西 自从我和伍兹教授进行了正式的、系统性的研究以来，我认识到人的主观体验是极宽广的，每一个人都在以自己独一无二的视角经历人生。我现在能够意识到，这些年来我一直生活在一种自我应验的预言中，我自愿活在一种妄想中，使自己相信了一种客观上不真实的体验。

停顿。

艾 玛 扎西，你确定吗？

扎 西 感谢你多年的指导，艾玛，让我看清了真相。

艾 玛 那这么多年你都……

扎 西 我不认为我在骗人，因为我真的以为我在和动物交谈，但我现在醒来了，那都是因为我希望、我期望它发生。

停顿。助理举牌，观众鼓掌。

主持人 信息量有点大哦……我能说的只有，如果是妄想，你这妄想还真是坚持了很久啊！（笑）要不要去申请吉尼斯世界纪录——“坚持最长的妄想”?!

助理举牌，观众笑。

扎 西 我这妄想还没有你的长。

主持人 啊？

扎 西 你这一档节目才在创造真正的妄想！你可能都不知道你在

替一个为我们集体创造出来的，冠以“生活”之名的巨大幻象服务。你雇了人举着牌子告诉观众什么时候鼓掌，什么时候笑，你绞尽脑汁想让别人喜欢你、觉得你可爱，虽然在现实中你可能是个可怕的浑蛋。每天晚上，你弄一些自以为有趣的内容放进节目里，可是实际上你为观众带来了什么呢？你那些没有任何内涵，只打发时间的段子，目的只是把人们引开，让人们脱离他们乏味的生活，对我来说这才是最大的妄想，因为我们根本就不应该从乏味无聊中被引开！应该有人引领我们去扎扎实实面对乏味的人生，看清我们所有行为是如何被你们误导的，以求在我们生存于这个小小星球之上的短短时间内获得一点点意义。

艾　玛　扎西……

扎西下，艾玛起身，跟下。
沉默。
助理胆怯地举牌，观众鼓掌。

主持人　哇哦，太棒了，扎西。这是来自一位从自我创造的幻象中醒来的此前声称能和动物交谈的人的至理名言，我们都应该花点时间仔细思考！十分感谢伍兹博士和博士学位候选人扎西参加我们今晚的节目！走了是吧？那我们稍事休息，马上回来，随后会有来自伯克利的饶舌家庭以现场阿卡贝拉的方式为我们献上他们的嘻哈新歌！

3.7 最简单的齿轮

艾玛的办公室，多吉、JJ、十方在等艾玛来访问十方，助理在打字，多吉一直在看地图。

多　吉　终于找到了！要立刻做准备。

J　J　可是干城章嘉峰是世界第三高峰，我们又不是登山家。

多　吉　要相信一定有办法。如果我们都相信，就能找到。

J　J　我们是谁？

多　吉　任何想去的人！任何有缘听到这件事的人！我们不应该把净土当秘密一样藏为己有。它是所有人的净土！赶快上网发公告！

艾玛和扎西上。

J　J　节目怎么样？

艾　玛　你们没看吗？

J　J　我们正忙着。

艾　玛　网上都炸锅了！扎西当着全国电视观众的面承认了自己没有特殊能力。

多　吉　什么？扎西……？

艾　玛　我真的太为你骄傲了，扎西。你的学习终于有了突破！

多　吉　扎西，你没事吧？

扎　西　我太没事了！我看清楚了我的生命一直是个谎言。多吉，那天晚上，那个所谓的神灵给了我们所谓的特殊能力，其实只是给我们一点存在感而已。

多　吉　什么？

扎　西　我们以前只是牧民，一无所有。我们是底层中的底层。

多　吉　高和低，那不过是相对的概念而已。

扎　西　你这叫逃避现实。

多　吉　在山上赶牦牛有什么见不得人的？那是很高尚、很纯洁的工作。

扎　西　这叫妄念。赶快醒来吧！我们只是复杂的社会机器里一个简单到不能再简单的齿轮。我们可以随时被丢弃、替换。我们原始存在的价值是零。

多　吉　扎西，你被严重误导了。

扎　西　我们被严重误导了。现在我醒了！而你还睡着！睡得可沉。不要再自欺欺人。

J　J　多吉已经找到了净土的确切位置，我们很快就要动身。

扎　西　多吉，我的兄弟，请你醒一醒吧。净土根本不存在！那只是从你深层希望和恐惧中溅起的又一种幻想而已。

多　吉　不，你不能就这样把你多年来建立的友谊一笔勾销。那头狼，次仁，还有雪狮！

扎　西　那是我雪盲中凭空想象出来的。我看到的是我想要看到的，包括狮子脖子上的七彩花环。多吉，我在生命里已经失去了太多，失去最多的就是时间！我不想再失去更多了！现在我只想看真实的世界！真实的人生！多吉，你是我哥，我不想看着你继续浪费你的生命！

多　吉　我们走。

多吉带着 JJ 和十方下。狗叫。

扎　西　（对狗）别叫了，我听不懂！

3.8　计算偏差

乐手在时代广场演奏。这是一个孤零零的夜晚。

先知上，情绪低落，手上拿着小雪球。他到处张望。

乐　手　欸？这不是先知吗？我以为你已经都到楞西亚星了。

停顿。

他们没来接你们？哦……还有，地球好像还在。

先　知　是，我们计算有一点差错。多吉呢？

乐　手　他走了。

先　知　啊？

乐　手　走了，你们两个都走了，广场可安静的。

先　知　真的？他有没有留下什么信息？

乐　手　“如意面馆”。

先　知　在哪儿？

乐　手　法拉盛 39 街。

先　知　啊？

乐　手　你在考虑和他们一起去？

先　知　我？不可能！我就是好奇，我怎么会……？我……（顿）你说什么？“如意面馆”？

3.9 出发

面店里，晚上，有两位顾客在吃面，多吉和 JJ 在整理行李和登山装备。JJ 接电话。

J　J（接电话）喂？是，嗯，这就是定稿了。我今晚就走……你要怎么处理都行……

顾客一 今晚怎么啦？你们要去哪儿？

雪　莲 他们今晚出发。

顾客二 去净土？

多　吉 是。

J　J 午夜的航班。

顾客一 就你们三个？我还以为会很多人一起去呢。

多　吉 我们把消息放了出去，一开始的回应很热烈，但等真正需要动身的时候，大家才意识到……

大　强 意识到这个计划简直太棒了！一点把握都没有！什么保证都没有！JJ，我看到你网站上的公告。你在逗我吗？“小心，我们有可能找不到，而且就算找不到，也可能回不来。”谁会想和你们一起去嘛？!

顾客一 还真是！我一开始也报名了。

顾客二 你报名了？那你怎么不去？

顾客一 那只是意淫一下罢了，想想能逃离这一切。怎么可能？谁送孩子上学？

雪　莲 我给你们准备了一些厨具。我这儿有辣酱，你们也可以带上……

大　强 哇雪莲，你以为辣酱能过安检？搞笑！人家问你这什么东西，结果你说是要带去净土用的……哈哈……到了净土谁还需要辣椒啊？

雪　莲 嘘。

多　吉 妈，你的东西都收拾好了吗？

十方突然看到某种景象。

十　方 嗯。

顾客一 那，就祝你们好运吧。

两位顾客下。

先知上，拉着一件随身行李。

米歇尔 请坐。要不要辣？

先　知 不好意思，我是来找……

多吉看到先知。

多　吉 先知？

先　知 嘿，多吉！找到你了！欸，JJ……

J　J 先知！哎哟，这么说……你没有去……？

先　知 说来话长啊。

JJ　楞西亚星人呢？

先知　呃……他们啊……不过嘛，我的随身行李还在，所以我想……

多吉　你想和我们一起走？当然欢迎。

先知　我调整了自己的理论：现在我相信你才是真正的楞西亚星人，而其实楞西亚星就是净土。

多吉　怎么说都行，如果你真的想好了，就加入我们吧。

先知　我想好了。我……（小声地）我没脸见我那些追随者……而且……

JJ　什么？

先知　我房子退租了。

JJ　好了，加入我们。

停顿。雪莲端来面。

雪莲　出发之前吃碗面吧。

先知　在楞西亚星上，根本不需要……（吃面）哇!! 好。

彩云上，带着行李。

彩云　哎？奇怪，这儿以前不是一家“马杀鸡”店？怎么会变成一家面店呢？而且这里的人我都认识啊？

停顿。大家都认出她来。

大强　彩云！

彩云　大强。

多　吉　彩云！你还活着！

J　J　你知道我们找了你多久？

雪　莲　彩云！你知道我找你找了多久！你为什么都不和我们联络？

彩　云　我想要有个新开始，也不想去给你们添麻烦。

雪　莲　什么意思？

彩　云　你们都知道，我走到哪儿，灾难跟到哪儿，谁跟我最近谁死。

J　J　哎哟，来，坐坐坐。彩云你知道吗？我们那几天都在翻遇难者的名单，看到丹尼尔的名字，但没看到你的，我们都急坏了。

彩　云　怎么会有我名字？我根本没身份。

J　J　那你到底这些年在哪儿啊？

彩　云　洛杉矶。

J　J　在洛杉矶做什么呢？

彩　云　混日子呗。雪莲！我都不敢相信！你真的把这边买下来了?!我看到JJ网上公告的地址我简直不敢相信！哇这以前是我……上班的地方啊。

众人兴奋看到彩云，彩云看着熟悉的环境，一时难过。
雪莲安慰彩云。

雪　莲　没事了，彩云，没事了。那些人听说都被抓起来了，不然就是回去了。

彩　云　谢谢你，雪莲！想到我，还有很多人，在这里过着那么……不堪的生活，现在，每天都是你的面的味道，香味熏着整栋楼。

十　方　（对空气）请接受这焚香的祝福……愿你能从痛苦中得到解脱……（对彩云）彩云，我看到你了……我一直看到你……都不敢跟他们说……你好可怜……

彩云拥抱十方。

彩　云　没事了，阿姨，没事了……什么事，都会过去。

十　方　都会过去。

雪　莲　吃面！

彩　云　我行李都带来了，今天来就是为了跟你们一起去，可以吗？

多　吉　当然，太高兴你来了！

雪莲端面给彩云吃。众人坐下。

彩　云　那雪莲，一路上我就坐你旁边好吗？

雪　莲　我不去。

彩　云　为什么？

雪　莲　我不光在那次大地震里活了下来，还挺过了“9·11”。我现在活在当下每一刻之中。

多　吉　也对。但那到底意味着什么呢？

雪　莲　什么意思？

多　吉　很多人都那样说，但“当下每一刻”到底指的是什么？

雪　莲　我也不知道。说说吧。

停顿。

不过，多吉，我不是像你那样想问题的。那是个清楚的暗示。生活还没有糟糕到让我必须逃离它的地步。我们在两次大灾难里活了下来，心里应该充满感恩、喜悦才是。这正是我的感受。我会守在这里，一直支持你们。

彩　云　其实，雪莲，你说的和我想的正好相反。我们在两次大灾难里活了下来，那才是个更清楚的暗示，我们应该出发去一个更好的地方了。

彩云看墙上的照片。

看看你，雪莲，还是把这些照片挂在墙上。

雪　莲　这些都是我曾经爱过的人。

彩　云　他们已经不在我们身边了。这些照片真的能给你带来安慰吗？还是说过去的画面、那些美好的时光其实不断地在折磨你？

停顿。

我在亚洲的大山、沿海，美国的东海岸、西海岸，都过得不怎么样，还不如去净土碰碰运气呢。反正我还能更糟吗？所以该是时候，跟这一切，包括这栋房子，说再见!!

扎西和艾玛上，带着行李。

大　强　你们俩来得巧，刚好赶上送别。

J　J　你们带行李干吗？

扎　西　不带我们怎么去？

多　吉　什么？

扎　西　多吉，你是我哥。我必须去，陪在你和妈身边，确保你们平安回来。

多　吉　如果我们回来，就说明我们失败了。我希望你有个积极的心态，因为我们再也不会回来了。

扎　西　那也行啊！要是成功了，咱们就到净土了。

艾　玛　没任何可能。

J　J　艾玛，如果你不相信的话，是不能去的！

艾　玛　我相信！我相信我手上有一部新书的合同。我就信这个。

J　J　你去就是为了能写一本关于这次旅途的书？那假如我们真的到了净土怎么办？

艾　玛　如果真的是净土，那儿肯定有网，我把电子书稿发给出版社就行了。

JJ 不悦。

扎　西　那 JJ，计划是怎样的？

J　J　我们今晚坐飞机去德里，然后坐火车去锡金。到了甘托克，我们转巴士，然后开始步行。

多　吉　肯定不会轻松。我们应该能在两周内到达登山客大本营，到了之后就难说了，我们需要等待正确的信号。

艾　玛　什么是正确的信号？

多　吉　我不知道。可能是一只乌鸦、一头鹿……看到才会知道。

大　强　可不是？到时候啊，会有一个巨大的霓虹灯标牌，写着“净土”。然后有十二头会跳舞的熊，一边跳一边说“净土欢迎您”！不是我说你们啊，简直是……去吧！反正到时候，我就在这儿等着你们一个个夹着尾巴灰溜溜跑回来。

店里最后的几个客人也走了，服务员米歇尔也擦完了桌子。

米歇尔　呃，雪莲，能和你说个事儿吗？

雪　莲　当然，如意，不是，米歇尔，对不起。

米歇尔　我就是要跟你说我做到今天，不干了。抱歉，希望你能尽快找到别人。

雪　莲　啊？是我待你不好吗？

米歇尔　你待我很好，只是……一直被叫成“如意”让我有点儿不舒服，因为她已经去世了。

雪　莲　我理解，我真的非常抱歉。我……如果没有她，也不会有今天的我。两个如意都是我的救命恩人。

米歇尔　我明白。

雪　莲　我的每分每秒都是她们给我的。

米歇尔　真的很不好意思。我会过来看你的，保重。再见了，大家，祝你们旅途顺利！

米歇尔下。

艾　玛　其实，咱们不用在德里过夜的，也不用坐火车。有一班航班飞到锡金，会快很多，我们在机场过夜就行了……

扎　西　欸有道理。JJ……

J　J　我们还是按照计划来。

艾　玛　你计划不行才要改，我们的目的不是尽快到大木营吗？

J　J　多吉有他的考量。

艾　玛　我的同事他说，咱们不应该坐巴士，应该直接包车，也可以雇夏尔巴人帮我们运装备。

大　强　听来艾玛习惯的是五星级旅行。

艾　玛　这跟五星级没关系，跟效率有关。

多　吉　还是请大家按计划进行。我相信那样会让我们有更好的机会等到信号。

众人收拾行装，多吉看表。

好了雪莲，我们该走了，谢谢你为我们做的一切。JJ，你去拦两辆出租车吧。

JJ下。众人与雪莲和大强拥抱，道别。

雪　莲　再见啦。我会想你们的，务必注意安全。

多　吉　再会。（对先知）先知，你来负责厨具，好吗？

先　知　好嘞。

先知拿厨具，众人准备离开。

彩　云　再见，雪莲！

雪　莲　再见！再见！

JJ 抱着雪莲。

J　J　雪莲，我们还在同一场梦里吗？

沉默。

雪　莲　JJ，你我，我们两个，永远都在同一个梦里。祝你找到你的净土。

J　J　你好好的！

JJ 下。

安静片刻。

大　强　终于走了。吵死了，好复杂，还要算谁在谁的梦里。这不就一场大梦？大家乱七八糟瞎他妈乱闯，你撞我，我撞他，他撞他，谁都撞不醒谁，你说是不是，雪莲？这是不是人生的准确描述？

雪莲静静地看着门外。

好了，现在咱们可以回归正常生活了。明天我要去见一家新的牛肉供货商，肯定会比你现在那家价格便宜。而且他认识一个地产中介，要给我看一间店面，绝对是开分店的好地方。

雪　莲　（对众人）喂！大家！等一下！

停顿。

大　强　怎么回事？

雪　莲　等我！（对大强）你随便吧，都归你了。

雪莲把钥匙丢给大强，带上包包就走。

大　强　什么？雪莲，你不会也疯了吧？你……？搞什么啊？不会吧?!你不带行李？这胡闹嘛！你在开玩笑吧，雪莲？欸！雪莲！我不会煮面啊!!

停顿。

喂，你们是集体吃错药了是不是？疯疯癫癫地去什么寻宝之旅！成功的概率：零！我认识你们一辈子，这是你们做过最蠢的事儿了！没有逻辑，没有思考，没有A计划，更没有B计划，毫无希望，毫无章法，完全疯狂！

停顿。

等我!!我马上来！我还要锁门呢！

大强忙锁门，下。

3.10 转化

多吉带领着一行人，带着行李，绕行，包括 JJ、扎西、艾玛、雪莲、彩云、十方、先知，还有一个满头问号的大强。

JJ 对观众说话。

J　J　2013 年 4 月 3 日，我们从纽约肯尼迪机场出发，从阿姆斯特丹转机到德里，然后在艾玛的强烈抗议下，我们坐了两天的火车往锡金，在一个叫西里古里的地方停留。三天之后，在我们拿到山区特殊旅行许可证后，在艾玛的强烈要求和雪莲的慷慨资助下，我们包了几部车进锡金，经过甘托克，我们又花了三天时间到达小镇域松。在那里，我们等多吉感觉时机成熟，才徒步出发前往登山客大本营。一路上，我们都在转化、在准备，但为了什么，我们也不清楚。

众人在一列拥挤的印度火车上。多吉在查看净土的地图，艾玛和大强在看印度地图，彩云和雪莲看着窗外。

彩　云　你闻，这个香味……是栀子花？你看，我们正经过一片。

雪　莲　这不是栀子花，这花没见过，好香！

艾　玛　（看）这叫素馨花，南亚特产。

彩　云　你怎么知道？

艾　玛　我本来想为我的公寓买两盆。结果……奇怪，素馨花应该是夏天才开。

雪　莲　啊？

艾　玛　欸你确定我们上对火车吗？妈的季节都错了！而且我们买的是特快车票，我问清楚了，这车厢是不允许站票的，怎么还有这么多人买站票？

大　强　你确定这些人买了票吗？

艾　玛　什么？

大　强　伍兹教授啊，印度欢迎你。

彩云起身，走向火车门。

雪　莲　你要去哪儿，彩云？

彩云打开车厢门，眼看就要走出去。

彩云！

多　吉　彩云！不要！

多吉和 JJ 及时把彩云拉住，所有人都在看。

J　J　你在干吗？

彩　云　净土……

雪　莲　什么？

彩　云　就在那儿……我看见了。

多　吉　坐下，彩云。

雪　莲　放松一点。

彩　云　我以为我……我……

艾　玛　（在笔记本上写）扎西，你把这记下来。这可能是群体幻觉的开端，起因是一种我现在取名为“渴求庇护集体妄想症”。

火车停下。

多　吉　大家，下车下车。

J　J　到了吗？

艾　玛　不知道。

3.11 大本营

JJ对观众说话，一行人环绕观众行走。

J　J 4月10日，我们开始向登山队大本营出发。空气中，一路弥漫着素馨花的香味，在大本营也是。那里有许多准备攀登干城章嘉峰的登山客，一路上经过帕金、宗里、拉米布卡里和毕克巴里这几个小村子，最终到达大本营。山上的空气、树木，仿佛唤醒了我朋友们心中的某些东西，他们已经二十年没有回到大山里。

一行人开始扎营。雪莲、彩云、多吉、扎西和大强向远处的山极目眺望，大口呼吸山间清冽的空气。旁边的其他登山者看看众人的装备，目瞪口呆。

我们就地扎营。除了我们之外，其他人都是专业登山队伍的成员，有专业的登山装备。看到我们，简直不敢相信我们是来攀登世界第三高峰的。

三名登山者经过众人的帐篷。

登山者三 这些是平地夏天用的帐篷。

登山者二 业余爱好者想来登干城章嘉峰？

登山者三 咱们应该通知相关部门。

登山者一 是啊，喂，你们这样会冻死的！

大强从帐篷里钻出来。

登山者二　喂，先生，不是要打扰你，不过你的帐篷……

登山者三　还有你身上那件外套……

大　强　是啊，我冷死了。

登山者一　啊？

登山者二　为什么？

大　强　什么为什么？

登山者三　你们为什么没带正确的装备呢？你们的冰斧、拐杖、绳索、氧气呢……？

先知边刷牙边上。

大　强　喂，咱们的冰斧、拐杖、绳索、氧气呢？

先　知　不知道。

登山者二　你不知道？难道你指望一只雪狮飞过来给你们送过来吗？

大　强　先生，你的话让我受到了冒犯。我的一位同伴正巧认识你刚说的那只雪狮。据他的叙述，她并没有翅膀。

登山者一　不是，你们这样不行欸！

先　知　楞西亚星人本来要来接我们的，可能还会来的。

大　强　来的话就降落在这儿。

登山者三　雪山女神是不会眷顾你们这些连合适装备都没有的人。

登山者二　我们只是想帮你们而已。不管你多强大，到了上边没有氧气是不可能的！

先　知　你们说的是哪儿？你们是不是想登顶？

登山者一　废话，我们当然要登顶。难道你们不是吗？

彩云走出帐篷，手里端着一杯茶。

彩　云　我们不是。

登山者二　你们不是？你们这么大老远来，就是为了体验大本营的舒适感？

登山者三　不是，你们他妈的是来干什么的？

彩　云　看到那边的冰川了吗？我们只需要在合适的时间翻过那座冰川。

先　知　……然后就会有一个七彩瀑布，然后山门就会开启，我们就会抵达净土。

大　强　它的正式名字是谛陌桑隐谷。

彩　云　我们就是要去那里。

先　知　别告诉我你们连谛陌桑隐谷都没听说过？

几位登山者面面相觑，他们准备离开。

登山者一　打扰了……

登山者互看，登山者们下。

多吉和 JJ 上，艾玛和扎西跟在他们身后。

多　吉　（看到远处）哎，等一下！

雪　莲　怎么了？

多　吉　刚刚那群鹤往那边飞，但是有一只却往那边飞。

艾　玛　哪里？

多　吉　你们没看到吗？

雪　莲　没有啊。

多　吉　这就是信号！我们赶快收拾东西，往冰川那边走。

艾　玛　真的假的？

先　知　有，有，我看到了！就是，就是那个，对吧？

多　吉　大家快动身。

一行人收起帐篷和装备，准备上路。

3.12 冰川脚下

JJ对观众说话。

J J 在干城章嘉峰的大本营度过了十二天之后，我们来到了山顶下方的一座宏伟的冰川前面，在那里扎营，与传说中净土大门的位置已经很接近，只有一条冰川挡在眼前。我们扎营，等待下一个信号。

冰川附近，有帐篷、一套露营用的小桌椅。多吉、十方和大强静静地望着眼前的山。艾玛坐着，拿着笔记本写书，同时访问着先知。先知拿着自己的小望远镜，望着远方。

艾 玛 后来你就没有听到楞西亚人的指示？

先 知 自从他们决定不接我们，我就没有再听到他们的声音，但管道还是通的。

艾 玛 你的雪球？

先 知 偶尔我还能感到振动。

大 强 （对艾玛）精彩不？

艾 玛 太不！每天坐在这边等，我都不知道这本书怎么写。只好访问每一个人。

多 吉 妈，你看这边……（指远方）过了冰川就应该是那个大门了。有没有人上去过？这边……冰川这里？

十　方　（望着远方）高贵的圣兽，您一定是众兽之王……

多　吉　你看到了？

扎　西　雪狮？

十　方　对。你认识她。

扎　西　我不认识。

十　方　有一群人，往那边去……啊呀……啊呀！太冷了！风太大！……你们小心一点！很滑！很……

十方静默，先知专注地听。

J　J　怎么了？

多　吉　妈，怎么了？

十　方　我看到了……一个七彩的瀑布……门……开了！他们进去了！进去了！

十方掉泪，先知感动。

多　吉　他们穿什么？

十　方　不是我们这种衣服，是以前我们山上那种。

多　吉　是前人。

艾　玛　太好了，这就是信号！我们走吧！

先　知　对！我们走！净土！

多　吉　这还不算信号。

艾　玛　你妈都看到了，这还不是信号？

多　吉　不是。

艾　玛　那你告诉我什么才是？连续两星期都是美丽的大晴天，登山客一批一批上去，一批一批再下来，快乐得不得了！这还不叫信号？

J　J　信号和天气又没有关系！

大　强　（对艾玛）他还是要等那十二只熊出来欢迎他。

艾　玛　扎西，你告诉我过冰川需要多久？

扎　西　差不多三小时。

艾　玛　那就走啊！如果我们现在出发，就算失败了，也能在天黑之前赶回来。

J　J　拜托，还是按计划进行，听多吉的。还没出发，肯定是有原因的。

艾　玛　原因就是缺乏信心，缺乏效率。

雪莲用简单的厨具为大家盛青稞粉加酥油茶。

雪　莲　欸大伙儿，开饭啦。

大家用碗盛饭，艾玛发现是青稞。

大　强　怎么是这个？

艾　玛　又一个信号！雪莲没面了。

雪　莲　没关系。有糍粑！

大　强　怎么会这样？我早知道没面吃了就不来了！

雪　莲　大强，我们以前在老家不都是吃糍粑吗？

大　强　不是，这有点荒谬你们不觉得？面也没了，牦牛肉干也没了！你们爱吃素我没意见，可是大强这只动物是食肉的，我吃不到肉会疯掉。啊反正我们都已经疯了，饿肚子疯了跟吃饱了疯了都一样是疯了，是不是？吃！

雪　莲　你可以选择不打破大自然的宁静。

大　强　（吃一口）他妈真难吃！

大强勉强吃。彩云走到一边，莱利出现在远处。

彩　云　丹尼尔？丹尼尔？你没有死？你跟我们后面？

彩云走向莱利。

丹尼尔，我有太多事想说给你听。在那天之后，我去过许多地方。我记得你一直很想跟我一起踏上这段旅途。我们还说好一起去旅行……一起去旅行……

雪莲、大强走近彩云，观察。莱利下。

丹尼尔？丹尼尔？我看到他了……我看到他了……

大　强　你在这儿待得太久了，彩云！你都开始出现幻觉了！你……

森吉出现在远处，大强走近她。

森吉……森吉……？我就知道我们会再见面的，不管在哪儿。你怎么到这儿来的？

雪莲、彩云到大强身边。

雪　莲　你跟谁说话呢？

大　强　森吉！她没死！她就在这儿！你看到她了吗？她就在这儿！

森吉下。

你要去哪儿？不！森吉！

彩　云　你没事吧？

大　强　我没事。我看到她了，我看到森吉了……

阿福上，坐下，弹吉他。雪莲能看到阿福，大强看不到。多吉走近雪莲，观察。

雪　莲　阿福？真的是你吗？你在这里干什么？

雪莲用手触摸阿福。

阿福……你去哪儿了？我以为你再怎么样也会回来参加女儿的葬礼，后来我想，可能你走了反而最好，我真心希望你唱出名堂来，但我一直没有你的音信。你好像就从地球上凭空消失了一样。你有没有梦到过我们？

雪莲转身抹眼泪。她转身回来的时候阿福已经消失了。

J　J　这就是信号。

彩　云　什么？

J　J　信号。（对多吉）对吧？

大　强　对，我们快疯了的信号。

先知手上握着小雪球，小雪球振动、感应。

先　知　（兴奋而感动）不，这就是信号。我听到了！楞西亚人终于又跟我说话了！他们要来接我了！　那我就……跟大家再会！

先知冲下，没有带任何装备，除了小雪球。

多吉、JJ 哎哎，先知！

先　知 对不起！他们只选择了我一个人。谢谢你们一路的照顾。（对虚空）我来了！

三位猎人上，带着枪，来势汹汹。多吉看到他们。

多　吉 你们是……？

猎人一 你看到了没有？

多　吉 看到什么？

猎人二 他们在这里扎营，表示应该就在这里附近。

多　吉 谁？

猎人三 高山圣狮。

多　吉 什么？

猎人二 恐怖雪人！

多　吉 我们不是来找这些。

猎人一 那就好，我们很快就会抓到他。

多　吉 抓来干吗？

猎人三 你没听说？德国商人都已经开价了！

猎人二 活着一个价，死了一个价！

十　方 他不会让你找到他的。

猎人一 什么？

十　方 他不存在。

大　强　啊？你不是刚看到那个什么……？

猎人三　啊？哪里？

猎人二　哎呀，不要和这些人扯，赶快走吧！

三个猎人正要往下，一头麋鹿在附近出现。

猎人三　看！那是什么？

猎人二　高山圣狮！

大　强　不！那是一头麋鹿。

猎人三　麋鹿？这个海拔怎么会有麋鹿？

大　强　那就是麋鹿迷路了！哈哈！

猎人三　打死它！

J　J　干什么？

多　吉　不要！他是……

大强抢过猎人的枪，一枪打死麋鹿。

雪　莲　不！大强！

大　强　强大的一枪！

多　吉　他是……他是……

大　强　它是晚饭！

大强、艾玛去处理麋鹿尸体。

多　吉　他是信号。

3.13　一层浅薄的现实

扎西独自在野外。

雪狮朝他走来，狮子的脖子上挂着和以前一样的花环。

雪　狮　扎西，我们又见面了。你的心灵发生了变化，你不再相信我，不再相信你自己。

扎西看着雪狮，但好像没有真正看到她。

告诉你哥哥，你们一行人已经非常接近。可惜，本来要引领方向的小麋鹿被打死了，你们应该回头了。

扎西沉默。

我很抱歉今天为你带来困扰，但请你仔细看看究竟是什么使得你不再相信，使得你变成和其他人一样，仅仅相信那被称为“理性”的、十分浅薄的一层现实，仅仅……

扎　西　够了!!

扎西下。

3.14 实际的选择

冰川附近，多吉坐着，看眼前的山。大强拿出烤鹿肉给大家吃。

大 强 来！好吃！烤鹿肉真好吃！来！……

雪 莲 我吃我的糍粑。

艾 玛 好，这是最后的一点了对吧？

雪 莲 哦不是，还有呢。

艾 玛 你没必要对我演戏，雪莲。我们还有一个更实际的选择，就是我们立刻出发。

大 强 下山了，再帮你们打一只！

多 吉 听我的，大强把麋鹿打死了，我们要等下一个信号，不然就要回去了。

艾 玛 如果还听你的，多吉，估计还要在这儿待好几年，到时候咱们都成一堆白骨喂秃鹫了。我觉得我说的很合理，现在值得一试。了不起失败，那我们就回来这儿，收拾行李回家。在我暖和的公寓，叫楼下的比萨上来，那还是格林尼治村最好吃的。

大 强 好！你请客！

艾 玛 没问题！

多 吉 这正是为什么我们一直上不去，你们其实并不是真的想去净土。艾玛，你是想回家。大强，你也一样。

大　强　是又怎么样？你这……够了吧？我们无限制地在等待一个不存在的东西。这叫什么？成功概率：零！我们陪你玩够久了！

艾　玛　多吉，我当然想去净土。

多　吉　当然，去成了你的书才更有卖点。没人想看一本关于一次失败的净土之旅的书。你们的问题是，决心不足，对世间生活的欲望还太强！

艾　玛　我们的问题是你一直不动。多吉，要去净土那就带我们去啊，你带路，我们就跟！你马上走，我们马上跟！尝试了，失败了，那就认了！不去尝试，这叫什么？

多　吉　但我们不许失败。听我说，这事情不仅关乎你我，假如我们能开启净土的大门，就能为全世界带来和谐！这才是重点！

艾　玛　好啊，那我们就去啊！可谁规定就非得是你呢？你不觉得那也有点儿太把自己当回事了吗？只有你可以？会不会是你的庞大自我心反而成为我们团队最大的障碍？只有你有本能？那我的本能呢？我告诉你吧，我的本能告诉我，我们明早出发，而且我们有信心肯定能成功找到净土。

J　J　妄念！

多　吉　如果大家不利用现在这个机会来清空我们的头脑，我们在冰川旁等待的时间就白白浪费了。深吸一口山上的纯净空气，让脑海里那些妨碍你看到净土大门的琐碎杂事全都随微风飘去，然后我们大家就都能看到大门了！

艾　玛　大家都听我说，明早早饭之后，有信号也好，没有信号也好，无论如何我都要出发。

J　J　不可以。

艾　玛　可不可以你就等着看吧。我是去定了，还有谁想来？一起去。

大　强　我跟！早一点失败，早一点回家！路上还可以吃新鲜鹿肉！而且，我对这件事情有个很确定的感觉！

多　吉　艾玛，你会毁了一切的。

3.15 群星之下

雪莲看着星星，多吉和JJ上，在夜晚的群星之下。

J J 我们好渺小，像几只蚂蚁在找一个窝。

雪 莲 记得以前，在老家，常常打烊后跟阿福这样走出来，看自己的渺小。

J J 能融入这一切，应该就不需要找净土了吧？

多 吉 我到底做了什么？我把大家带到什么地步了？

十方上。

妈，这么晚不睡？

十 方 睡不着。

多 吉 妈，你来到这里应该好睡才对，这里都不曾有人。

十 方 这里其实跟以前我去过的高山一样，宁静，没有人来过。那我为什么还要下山？我现在才明白，我不是受不了脑子里的各种画面、各种声音，我是受不了宁静。我是受不了我自己。

沉默。

多吉，你一定要带我去。

多 吉 会的，妈。

十方下。

多吉和JJ凝望着夜空、群山，以及横亘在眼前的冰川。

彩云从他们面前的远方过，穿着外套，想着自己的事情。

雪　莲　彩云？彩云？去哪儿？

彩云像醒过来一样。

彩　云　没事没事，你们快去睡吧，我过一会儿，也要睡了。

雪　莲　不是，你要去哪儿？

彩　云　不去哪儿。我觉得我永远找不到净土，但或许我能找到丹尼尔。

J　J　什么？

彩　云　没事。

雪　莲　别走远，早一点睡了。

彩　云　没问题。

多　吉　咱们睡会儿吧。

J　J　等早上再跟他们讲道理。

3.16 分道扬镳

第二天清早，雪莲走出她的帐篷准备做饭。

雪　莲　多吉，JJ!!!! 快 !! 彩云昨晚没回来啊！

多吉和 JJ 冲出帐篷。

多　吉　怎么了？

J　J　他们都不见了！

十方在附近游走，JJ 检查帐篷。

十　方　扎西？扎西，你怎么去了？

J　J　艾玛半夜带着他们走了！

多　吉　一群可怜的笨蛋！他们根本不知道自己有多傻！

雪　莲　我们必须追上去，立刻就去。

多　吉　不。JJ，现在必须做的事是，你立刻带雪莲和我妈妈下山。

J　J　什么？

多　吉　这不是讨论。现在就去，时间紧迫。

雪　莲　不，要去我们一起去！我和你一起去，多吉！

多　吉　雪莲，你听我说。你认识我这么多年了，拜托你，一定要相信我！我去追他们，你们现在就下山！咱们大本营见！

多吉冲下。

J　J　咱们走吧。

雪　莲（对十方）阿姨，咱们要走了。

十　方不……我不能下山……我……

雪　莲咱们必须下山。

3.17 下山

JJ、雪莲和十方环绕观众行走，半途下起雪来，令三人的环绕越发困难。

雪　莲　变天了！

J　J　下雪了！

雪　莲　雪好大！

十方在她的前进路线上停下。

十　方　雪莲，JJ，拜托你们，不要管我了。

雪　莲　你能做到的，阿姨，你可以的。

J　J　我们只要挺过这段路，就能回到大本营了。

十　方　不，你们不明白。我得上去，上去。求你了，雪莲，相信我。我明白，我自己撑不到山下，大雪怪和雪狮在向我呼唤了……这是我唯一的机会。

雪　莲　我不会丢下你的，阿姨。

十　方　多吉答应要带我进去！多吉！你要等我！你要带我进去!!……

十方毅然决然地走进暴风雪。

雪　莲　阿姨……我这就来找你！

J　J　你在哪儿？阿姨？雪莲，快跟我来！我们已经帮不了她了！

雪　莲　我看不见！我什么都看不见了！

JJ 抓着雪莲，两人一起艰难地在暴风雪中行走。

大地开始颤动。

雪　莲　不……不……不要再来了 !!!

J　J　怎么回事 ?! 出什么事了 ?!

雪　莲　不 !!!

一声雷霆般的巨响，大地震动。

雪崩，雪莲和 JJ 奋力抵挡铺天盖地的雪。

J　J　救命啊 !! 雪崩！

雪　莲　JJ!!

J　J　雪莲 !! 雪莲 !! 快看 !! 那边 !!

在雪崩的过程中，两人仿佛看到一个美丽的七彩瀑布。

雪　莲　我看到了 !!

J　J　七彩的瀑布！

雪　莲　后面是一个门！

J　J　山门开了！山门。

雪　莲　山门开了！我闻到了 !!

J　J　夏日野花的香味…… !!

雪　莲　我听到了美妙的音乐 !!

J　J　雪花像花瓣一样……

雪　莲　微风拂过我的身体……

她们喊出一种既平静，又像是危机中的声音。

J　J　啊——!! 啊——!! 啊——!!

雪　莲　啊——!! 啊——!! 啊——!!

两人被雪吞噬。

静默。

3.18 善后

大本营里，医护人员正在医治雪莲。JJ 的一只胳膊挂在三角巾里，她对观众说话。

JJ 现在是五月底，山上短暂的春季已过，我们在干城章嘉峰的大本营。一场大型雪崩顺着山的正面倾泻而下，越过冰川，吞噬了它行进路线上的一切。两支登山队伍在毫无预警的情况下受到冲击，队员无一幸免。

那天是我最后一次看到这群脱队的朋友。搜救队人员在冰川远端，发现了艾玛和大强的遗体，离我们推测的净土大门位置并不远。我心中唯一的安慰是，依他们遗体分布的位置和肢体的姿态，他们应该是什么都还搞不清楚，来不及反应，瞬间被埋没。

搜救队人员在更靠近山顶的位置发现了彩云，她的遗体独自一人。在她手上紧紧握着不放的，是莱利早已脱皮的皮夹。

至于扎西，他的遗体似乎被移动过。他平静地躺在一个景观壮丽的悬崖上，脖子上戴着一束美丽的花环。

搜救队人员一直没有找到多吉。我和雪莲讨论了很久，我们打从心底相信，就在我和雪莲在雪崩中目睹那些景象时，他真的成功地开启了那神秘的大门，进到了净土。

我们再也没听到十方的音信。希望她跟多吉一起进去了，希望她在净土，在那美丽的地方漫步着，面带灿烂的微笑。

医护人员结束自己的工作，收拾东西，下。

第三乐章结束。

- 第四乐章 -　曾经如是

4.1　圆环

纽约的街上，行人在慢动作中登上舞台，环绕行走。有更多怪异造型的人走着。

JJ 继续说话。

J　J　再一次，我们花更长的时间回归到各自的生活中去，尽力地去过好每一天。雪莲卖了皇后区的楼，换了两栋布鲁克林的房产。面店重新开张了，这次是在布鲁克林一个安静的角落，一个以厄瓜多尔移民为主导的社区里。雪莲的视力进一步衰退，但她的面则更增加了一种魅力。

4.2 一个夏夜

雪莲在面店煮面。她更老了，眼睛也看不清了。这是一个夏夜，有两位顾客在吃面。

顾客一 我的天，这面太好吃。雪莲，你加了什么东西让它变得更好吃？

雪　莲 （笑）没法说清楚。等哪一天我不在了，这面也就没了。

顾客一 为什么？

雪　莲 因为我每做一碗面，都会想起那些再也吃不到它的人。我每新做一碗面，都是为他们做的。他们每一位。

雪莲准备打烊。

你们慢慢吃，我收拾一下，我要打烊了。

顾客二 （看表）哎，雪莲，才八点。

雪　莲 我知道。

顾客二 多美的夏夜。我朋友本来也要来，不过他们说要晚一点才到。

雪　莲 那赶快告诉他们我已经打烊了。

顾客二 嗯。

顾客二拿出手机拨电话。

雪　莲 老啦，眼睛越来越不行了，蒜也剁不了那么细了。我在考虑只做中午，你们看行吗？

顾客一 不行！中午我上班，过不来啊。你一定要做晚上！

顾客二 （起身，付钱）那雪莲，回见啦。请一定要晚上也开着，就算为了我们。

两位顾客下，雪莲一个人在店里。她继续收拾，准备关门。

老翁和老妇上，两人现在穿着夏季服装。雪莲不太确定她有没有看清这两个人。

老　翁 晚上好呀，女士。

雪　莲 哦，晚上好……先生，夫人。

老　妇 真是个美好的夏夜。

老　翁 是啊，素馨花都开了。

雪　莲 素馨花？

老　翁 你还没有打烊吧？我们想吃面。

雪　莲 吃面？当然。

老　妇 这次我们可以付钱，但是我们需要打包。

雪　莲 打包？

老　妇 能不能麻烦你做二十碗面给我们？

雪　莲 二十碗面打包？呃……可以啊。坐。

老　翁 谢谢。

二老人坐。雪莲开始做面。

老　妇 我们真高兴能找到你。

雪　莲　我换地方了。

老　翁　是，你换地方了。

雪　莲　请问你们来是……来带我走？

老　翁　带你走？

老　妇　去哪儿？

雪　莲　我一直在等着你们呢，等你们回来。我想要对你们说声谢谢，谢谢你们为我带来的一切。

老　翁　为你带来的一切？

老　妇　哪里，是你为我们带来了一切。

雪莲从柜台下拿出一个铁盒，放在他们桌上。

雪　莲　我准备好了，这钱要给你们。

老翁、老妇　干吗？

雪　莲　我在这儿没有什么留恋的。我的房产、我的存款……其实也都准备好了给你们。

老　翁　什么意思？

雪　莲　人不能欺骗天，是你的就是你的，不是就不是。我清楚我今天的所有都是你们给我的。

雪莲想要把她的产权证和存折给两位老人。

老　妇　不行，不行！

老　翁　我们只是来吃面的，就这样！

老　妇　就这样！

雪　莲　就这样？

停顿。

（慢慢地）就这样，就这样，人生是不是——就这样？早上和面，晚上洗锅……告诉我，老先生，老太太，请你们告诉我……人一生的苦到底要受多久？一天？一个月？一辈子？如果人的一生就是一场无法满足的苦，那为的是什么？为什么我承受了这么多，还是无法获得心中的宁静？为什么得不到我想要的？我什么时候才能从这个梦中醒来？

沉默。

老　翁　这个世界不是为了心中宁静而造的。

老　妇　过去已经发生了太多事，让更多的事不得不发生。

老　翁　请问你想要的是什么？

雪　莲　什么也没有。我不要你们任何东西。你们已经给了我太多，比任何人所能期望的都要多太多。

停顿。

老　妇　告诉我们。

老　翁　我们是好奇而已。

老　妇　把我们当你的老朋友。

老　翁　我们不就是你的老朋友？

老　妇　如果你有一个心愿，会是什么？

停顿。

雪　莲　这……唉。

老　翁　说出来听听。

老　妇　当作好玩嘛。

雪　莲　这说出来愚蠢极了，我知道，但是……

老　妇　说下去。

老　翁　但是什么？

雪　莲　（轻轻地）我想要再见阿福一面。

老　妇　你的前夫？

雪　莲　我再也没有看到他。其实我们一直没有离婚。听起来是不是很傻？

老　翁　不，一点也不，可是……

雪　莲　老先生，老太太，我眼睛快要看不见了，在我失明之前，我想见他，一面就好。

老翁和老妇互看一眼，深深叹息。

二十碗面做好了，雪莲打包。

老　翁　（付钱）谢谢你做的面。

雪　莲　筷子，还有辣椒酱，都摆在这里。

老　妇　谢谢。

雪莲把面打包，收钱。

雪　莲　老先生，老太太，我能问你们一个问题吗？

老　妇　当然。

老　翁　问。

雪　莲　你们是从……隐谷来的吗？

停顿。老翁和老妇微笑。

老　妇　我们只是附近社区的。

老　翁　我们只是出来逛一逛，补一点货。

雪　莲　净土还需要补什么货？

老　妇　（微笑）“如意面馆”的面。

雪　莲　为什么？

老　翁　在你的面里，有所有能让我们回味世间生活的一切。

老　妇　快乐与痛苦，希望与绝望……

老　翁　拥有与失去……

老　妇　生命与死亡……

雪　莲　可以问你们，多吉和你们在一起吗？他在“那里”吗？

停顿。老翁老妇互看一眼。

老　妇　面就是他点的。

雪莲感动。停顿。老翁和老妇拿起装面的盒子。

雪　莲　先生……夫人……我很想知道，净土真的那么美吗？空气里真的是百花开放的香味，还有音乐流淌的声音吗？天上下雨真的是下甘露吗？

突然，停电了。

重新来电的时候，老翁和老妇已经无处可寻了。

先生……夫人……怎么？我一定是在做梦！我的眼睛……我的眼睛……我刚才真的做了二十碗面吗？

雪莲纳闷自己刚才是不是在做梦，但是看到那二十碗面已经被拿走，还有两位老人付的钱。

他们……付钱了，给他们的钱也没带走，还多给了……

电话铃声，雪莲接电话。

喂？……不好意思，我要打烊了……什么？一个特殊请求？有一点晚，我不知道能不能找到人送过去……什么？只要一碗？那更是……送哪里……哦，那不远，几条街而已，我自己送可以……好的……给我二十分钟。几号房间？……

4.3　急诊室

布鲁克林一家医院的急诊室，两位护士在处理病人的事宜。
时间和偶然开始绕场。

护士二　这位先生，来办一下你的家属住院手续。

家属一　他要住院啊？那是……？

护士二　没有生命危险。来，填一下，姓名、电话、保险……

雪莲上，送刚才的外卖订单。她在前台向护士咨询。

雪　莲　不好意思，我要送这碗面给 503 病房的病人。

护士一　哦，那你就放这儿吧。

雪　莲　他们还没给钱。

护士二　外卖不允许送进五楼病房，我叫他们下来拿。

雪　莲　好的，谢谢。

护士一打电话通知。
雪莲旁边有一位躺在担架床上的病人，护士二推着他。

护士二　抱歉，先生，我现在只能要求你离开了。

病人身体很差，坐不起来。

雪　莲　（对护士一）他怎么了？

护士一　这位先生没有保险，而且……

雪　莲　急诊室是不能拒绝任何病人的。

护士一 他……不是急诊，他肺癌已经末期。他需要一个安静的地方去……

护士二 （对病人）我们真的很抱歉，先生，实在没有办法收治你。请让你的家属来接你。

护士一 （问周围）请问有这位先生的家属吗？是谁把这位先生送来的？我们需要家属把他带回家。

护士二 对，把他带回家。谁把他带来的？

雪莲靠近担架床，她吃惊地发现那个病人居然就是阿福。

雪　莲 阿福？

阿　福 （虚弱地）雪莲？

护士二 这位先生有没有家属？我们需要家属把他……

护士一 有没有家属……？

雪　莲 （举手）我。

护士一 什么？

雪　莲 我是他的家属。

护士二 哦，那就……谢谢你了，请带他回家吧。

雪　莲 阿福……你要回家了。

4.4 时间与偶然

雪莲位于面店背后的公寓，阿福躺在床上，雪莲盯着他看。

时间和偶然停下，坐在两侧观看。JJ 对观众说话。

J　J　那个没有保险，也没有钱治病的病人就是阿福。雪莲把他带回面店后面、她这些年一直住的公寓房。她在屋子里照顾阿福，陪阿福度过生命最后的时光。

阿福剧烈咳嗽。雪莲照顾他，帮他擦身子，喂他水喝。

阿　福　（十分虚弱）等等……疼……

雪莲耐心等待。

雪　莲　现在好些了吗？

阿　福　不会好的，雪莲，只会越来越糟。

停顿。

雪莲……你为什么？你应该把我扔在医院外面的垃圾桶那边……那样我还能死得快一点。

雪　莲　好了，不说话。休息。

阿　福　为的是什么呢？为了让我有足够的力气再苟延残喘一天吗？

雪　莲　睡一会儿。

阿福疼痛、呻吟。雪莲费力地帮阿福翻身，换到一个好受些的位置。

阿福睡了。

雪莲摸索着朝门口走去，然后朝面店走去。

J　J　（对观众）我去那里看过阿福几次。他见到我很高兴，但他的身体太虚弱，我有一次去看他，他还在睡……

JJ看着阿福，阿福突然痛苦地扭动身体。

阿　福　美玲……美玲……

雪莲冲进来。

雪　莲　他醒了？

J　J　我不知道。

雪　莲　他刚才说什么？

停顿。

J　J　呃……我没听清楚。

阿　福　（轻轻地）美玲……美玲……

停顿。

J　J　呃，雪莲，我得走了，我明天一大早还要带团。

雪　莲　去哪儿？

J　J　我要带团去你的老家！

雪　莲　真的？

J　J　听说已经重建了。

雪　莲　是，我也听说了。很多新建筑。

J　J　我把这个路线叫“夏日野花香味之旅”。等我回纽约再来找你，两周后。

雪　莲　那你保重。

两人拥抱，JJ 下。

阿福醒来。

阿　福　那是 JJ 吗？

雪　莲　是。

阿　福　她要回去了？

雪　莲　回我们老家。

停顿。雪莲给阿福端茶。

阿福，你为什么一直不回来？连如意的葬礼你都没有来！我左思右想，想破脑袋也没法理解你到底是怎么了。

阿　福　我错了，但你还记不记得你跟我说的最后一句话？你叫我永远不要回来。

停顿。

啊，雪莲……如果我跟你说声对不起，这会让一切更好吗？你对我的鄙视会更少，还是会更多？

沉默。

雪　莲　阿福，你休息了。我们都可以休息了。

阿福又痛起来。

阿　福　啊……美玲……

沉默。雪莲帮阿福盖被。

雪　莲　后来……那一位美玲怎样了？

阿　福　她离开了我……跟另外一个男人跑了。那是很久、很久以前的事了。雪莲，这叫可悲极了，还是……可笑极了？

沉默。

雪莲突然大笑，阿福也跟着笑。两人笑着，直到阿福又疼痛起来。

雪莲把阿福抱在怀里。

雪　莲　哎哟阿福……阿福……

沉默。

想不想吃碗面？

阿　福　加辣。

雪莲走到面店，给阿福做一碗面。

时间和偶然起身，离去。

雪莲端着碗回到房间。

雪　莲　加辣一碗，要收你双倍钱！

停顿。

阿福？阿福？

阿福已经死了。

雪莲轻轻地把面放下，走向阿福。

4.5　世界的街道

乐手演奏。

全体演员开始环绕。有更多怪异造型的人走着，还有一头白色的小象。

两位新预言家在时代广场上开讲。

预言家一　编号 RG16 的彗星明年 3 月 16 号就要撞地球了！赶快跟随我们躲到地心去！……

预言家二　你，我看到你，心中好多魔鬼。不要害怕，我可以帮你把他请出来……

JJ 对观众说话。

J　J　我走在纽约的街上，在时代广场，我看到了几位新的讲述者。他们各自说不同的故事，关于不同的梦、不同的希望和恐惧，那些梦又好像都在同一场梦境的不同空间里。

三个持转经筒的女人还在环绕行走，模糊的街景声音传出。

声　音　Hey, what's happening?... Nothing much. What's up? How's it going? Going well. How about yourself? Cool, everything is cool! Have you had dinner? I was just going to. Which way are you headed? How's life? I mean, you know, yeah, it's, you know, yeah...amazing, yeah, I mean, you know...incredible... yeah, fantastic... I mean...

J　J 我走在纽约的街上，不为什么。我感觉到我周遭旺盛的生命，似乎永无止境的生命，太神奇，却又那么平凡。我觉得纽约太精彩了，因为每一条街都不一样。我觉得人类太精彩了，因为每一条街其实都一样。我走到晚上，我走进夜里，看着周遭万家灯火，我想，每一家都有一个故事，我被包围，被成千上万精彩的故事包围着。可是人类计算到底，到底有多少个故事？三十六个？七个？六个？

时间、十方、偶然环绕观众行走。

我看到空间，从十方扩延开来。

我看到偶然从我面前走过。

我看到时间从我面前走过，环绕着，在我们生命中，环绕着。环绕着。

在人群中，多吉回到时代广场的位置，开唱。

多　吉（唱）大梦中，

何时醒来，

梦来梦去，

何去何从。

快乐与痛苦

是同一个骗子，

欺骗我们

不醒来。

如是我闻，

闻之梦中，

曾经如是。

全体演员慢慢绕场，然后消失在四方。

吉他手静静地演奏。

第四乐章结束。

剧终

－《曾经如是》（*Ago*）美国加州伯克利大学工作坊演出版－

（演出第一、二幕）

2019年4月26日，

首演于美国加州伯克利大学赫斯特纪念体育馆的舞蹈表演厅

由加州伯克利大学艺术研究中心（Arts Research Center），

戏剧舞蹈与表演研究系制作、演出

由 Jacobs 设计创新研究所协助

－编剧、导演－

赖声川

－演出（按姓氏排列）－

Marianne Almero Puma / Yuki Bian Bride / Ziyu Alcina Chen Tsering / Jolin Chu Deke / Justin Domogma Tashi / Rose Escolano Droma / Yue Feng Harry / Edward Im Sonam / Sophie Kim Chance / Hande Kucukkaya Deer / Annette Lee Priscilla / Anastasia Liu Caiyun / Ququ Liu Meiling / Stefan Liu Yeti / James Li Dorje / Sanak Miriyala Hotel Manager / Helen Qin Tianqin / Luna Su Senji / Lhasa Summers Space / Jiaxiu Sun Bear / Michelle Tang Reporter / David Truong Riley / Yifei Wang Time / Tai White Strong / Monica Wu Mrs. Wang / Siyi Wu Deer / Elaine You JJ / Michelle Zhao Wolf

视觉总监：珊卓·伍德尔（Sandra Woodall）/ 参与舞美、灯光、道具、服装设计、音效设计及制作：Ashley Zhang, Xuewei Eva Hu, Xiaoyan Kang, Patricia Midy, Jiahan Yu, Chia-Yu Shelly Shih, Shuyi Zhao / AR 设计及制作：Molly Jane Nicholas / VR 设计及制作：Carol Liu

副导演：段菲 / 助理导演、助理编剧： Christian Nagler, Xiaofei Deng, Maggie Chen, Viola Yuan, Yijian Shan, Josie Basford

—《曾经如是》世界首演—

2019年12月9日，首演于上海上剧场

由上海表坊制作、演出

—编剧、导演—

赖声川

—演出—

郝蕾 饰 雪莲、行人 / 张杰 饰 多吉、行人 / 屈中恒 饰 大强、行人 / 窦进 饰 JJ、行人 / 金晶 饰 彩云、行人 / 杨雨光 饰 扎西、行人 / 范瑞君 饰 十方、村民、行人 / 宗俊涛 饰 阿福、按摩店老板、莲花生大士、36号、蚂蚁、消防员、面店客人、行人 / 顾雪炜 饰 艾玛、汪太太、小狮子、鹿、拿转经筒的女人、村民、新娘、护士、行人 / 丁辉 饰 莱利、村民、歌舞团助手、新郎、救援队、搜救队、旅人、病人、面店客人、行人 / 王萌 饰 先知、村民、大雪怪、婚礼司仪、电梯乘客、面店客人、行人 / 宋毓敏 饰 如意、如意二、小狮子、鹿、电视台助理、旅人、搜救队、行人 / 凤莉 饰 时间、美玲、琳达、雪狮、旅人、面店客人、行人 / 杨智斌 饰 偶然、汪先生、哈利、狼、电视台主持人、旅人、猎人、面店客人、行人 / 刘宜林 饰 老翁、吉美熊、按摩店顾客、蚂蚁、图书管理员、救援队、游客、电梯乘客、医护人员、登山者、伤者、面店客人、行人 / 刘含 饰 老妇、天琴、村民、新租客、小灰、JJ旅行社的同事、如意二的同学、蚂蚁、世贸大厦保洁、艾玛秘书、旅人、猎人、搜救队、面店客人、行人 / 丁珊珊 饰小青、拿转经筒的女人、记者、房东、游客、利物浦（声音）、电梯乘客、图书馆客人、登山者、麋鹿、医护、护士、预言家、面店客人、行人 / **陈国辉** 饰 小旅馆老板、狼、年轻扎西、村民、流水线监工、面店客人、蚂蚁、纽约警察、电梯乘客、图书馆客人、旅人、猎人、搜救队、病人家属、面店客人、行人 / **马靖雯** 饰 森吉、拿转经筒的女人、康卓鹿、彩云工厂同事、艾玛秘书、如意二的同学、蚂蚁、露西、游客、电梯乘客、米歇尔、旅人、搜救队、病人、面店客人、行人 / **袁信力** 饰 次仁狼、年轻多吉、村民、伤者、面店客人、流浪狗、游客、电梯乘客、登山者、病人家属、无头路人、面店客人、行人 / **亓乐** 饰 乐手、村民、搜救队、纽约面店驻唱歌手、面店客人、行人

舞台暨服装设计：**珊卓 · 伍德尔** / 副导演：**段菲** / 灯光设计：**简立人** / 影像设计：**王奕盛** / 音乐总监、作曲：**胡帅** / 主题曲作词、作曲：**赖声川**、**胡帅** / 主题曲演唱：**张杰** / 即兴弹奏、演唱：**亓乐**、**宗俊涛**、**张杰** / 海报设计：**黄海** / 技术监督：**杨惠君** / 舞台监督：**钟崇仁** / 监制：**丁乃竺** / 制作人：**杨采薇**

赖声川

1954 年出生于美国华盛顿，籍贯江西会昌，生长于美国与台湾，美国加州伯克利大学戏剧博士，前台北艺术大学戏剧学院教授及院长。世界上最著名的华人戏剧家之一，被誉为“现今最顶尖的中文剧作家”（BBC）、“亚洲剧场导演之翘楚”（《亚洲周刊》）。2019 年获得锡比乌国际戏剧节名人步道一颗星的殊荣，成为得此荣耀的第一位华人。其三十余部原创编导戏剧作品对当代华人剧场艺术及文创产业影响甚深。

台湾表演工作坊创始人及艺术总监、上海上剧场艺术总监、乌镇戏剧节常任主席、发起人、评委会主席，创意理论学者（著有《赖声川的创意学》），曾任教于美国斯坦福大学及加州伯克利大学。

赖声川剧作集：第二辑

《曾经如是》

《幺幺洞捌》

《台湾怪谭》

《隐藏的宝藏》

《千禧夜，我们说相声》

《这一夜，Women 说相声》

《那一夜，在旅途中说相声》

赖声川历年作品清单

《我们都是这样长大的》

《摘星》

《过客》

《那一夜，我们说相声》

《变奏巴哈》

《暗恋桃花源》

《田园生活》

《圆环物语》

《西游记》

《回头是彼岸》

《这一夜，谁来说相声？》

《台湾怪谭》

《红色的天空》

《又一夜，他们说相声》

《先生，开个门！》

《我和我和他和他》

《十三角关系》

《菩萨之三十七种修行之李尔王》

《如梦之梦》

《千禧夜，我们说相声》

《新加坡即兴》

《在那遥远的星球，一粒沙》

《乱民全讲》

《这一夜，Women 说相声》

《上海 · 故事》

《如影随行》

《陪我看电视》

《宝岛一村》

《那一夜，在旅途中说相声》

《梦想家》

《大桥上的对话与独白》

《梦游》

《水中之书》

《蓝马》

《隐藏的宝藏》

《鲸鱼图书馆》

《游园 · 流芳》

《幺幺洞捌》

《曾经如是》

扫 码 加 入

春潮线上读书会

图书策划 中信出版·春潮

策划编辑 杨爽 刘晴

责任编辑 杨心怡

营销编辑 毛海燕

装帧设计 艾藤 杨泳琪

出版发行 中信出版集团股份有限公司

服务热线：400-600-8099 网上订购：zxcbs.tmall.com

官方微博：weibo.com/citicpub 官方微信：中信出版集团

官方网站：www.press.citic